고대 '빛을 찾는 사람들'이 숨긴 보물을 찾아서
– 에스페란토 초보자용 *읽기 책*

Gerda malaperis!
게르다가 사라졌다

클로드 피롱(Claude Piron) 지음

게르다가 사라졌다(에·한 대역)

인 쇄: 2022년 3월 7일 초판 1쇄
발 행: 2023년 12월 7일 초판 3쇄
지은이: 클로드 피롱(Claude Piron)
옮긴이: 오태영(Mateno)
표지디자인: 노혜지
펴낸이: 오태영
출판사: 진달래
신고 번호: 제25100-2020-000085호
신고 일자: 2020.10.29
주 소: 서울시 구로구 부일로 985, 101호
전 화: 02-2688-1561
팩 스: 0504-200-1561
이메일: 5morning@naver.com
인쇄소: TECH D & P(마포구)

값: 10,000원
ISBN: 979-11-91643-41-1(03890)

고대 '빛을 찾는 사람들' 이 숨긴 보물을 찾아서
– 에스페란토 초보자용 *읽기* **책**

Gerda malaperis!
게르다가 사라졌다

클로드 피롱(Claude Piron) 지음

오태영 옮김

진달래 출판사

원서

Claude Piron:

Gerda malaperis.

Lingvo-instrua romaneto.

48p. Fonto, Chapecó 1983.

번역자의 말

『게르다가 사라졌다』는 범죄 추리소설입니다.

이 책을 구매하신 모든 분께 감사드립니다.

이 책은 언어정신교육학의 일반적인 원칙에 따라 작성되었다고 서문에 나옵니다.

처음에는 매우 간단하고 짧은 문장, 일반적인 단어 및 기본적인 문법 형식이 나오지만, 나중에는 점점 더 많은 단어와 형태를 도입합니다.

극도의 주의를 기울여 단어들이 반복됩니다.

대학식당에서 대학 신입생이 서로 나누는 대화를 통해 무언가 범죄가 발생하고 있음을 알아채면서 이야기는 흥미롭게 전개됩니다. 이후 예쁜 여교수가 식당에서 나가다 복도에서 쓰러집니다. 호기심을 가지고 그 뒤를 따라간 대학생이 부축하며 다른 학생이 간호사를 부르러 가는 사이 범인이 부축한 학생의 머리를 때려 기절시키고 여교수를 납치해 갑니다. 버려진 폐가에 여자를 감금하고 공갈협박하여 고대 현자들의 모임인 '빛을 찾는 사람들'이 남긴 보물지도의 내용을 해석해 보물을 찾아가고, 장난꾸러기 어린이의 도움으로 탈출한 여교수가 알려주어 대학생과 경찰이 그 현장에 가서 범인을 체포합니다.

통쾌한 결말에 기분이 좋아집니다.

초보자를 위해 교육에 도움이 되도록 읽기 쉬운 책으로 만들었기에 단어와 문법이 부담스럽지 않아 에스페란토를 배우는 데 유익합니다.

오태영(Mateno, 진달래 출판사 대표)

목차(Enhavo)

서문

언어 정신교육연구가 밝힌 바에 따르면, 교육을 가능한 효과
적으로 하기 위해 일련의 원칙을 되새기는 것이 필요하다.
이 책은 그것을 에스페란토 교육에 다음과 같이 적용하는
증거를 제공한다.

1. 학생에게 동기 부여하기
언어를 배우는 데 성공하는 주요 요인은 동기부여다. 그것에
부합하려고 이 책은 모험 소설로 만들어져, 벌써 2장에서 시
선을 끄는 사건이 호기심을 자극해 학생들이 계속 읽도록
만든다.

2. 단어를 자주 볼수록 더 빨리 그것을 습득한다
이 원칙을 적용하는데 에스페란토의 규칙성은 처음부터 바로
그것을 가능케 한다. 자그레브에 있는 국제문화소비원은 여
러 국제 모임이 열릴 때 사용되는 회화를 통계 작업을 거쳐
자주 사용되는 필수단어 목록을 제공했다.

3. 다른 문맥에서 반복하기
어근, 단어, 언어 구조는 어느 시간 사용하지 않아 잊어버리
게 될 그 순간에 그것을 정확하게 다시 제시하는 것이 중요
함을 주목한다면, 자주 반복할수록 더 힘들이지 않고 기억된
다. 이 원칙이 지켜졌다. 독자들은 문체상 그렇게 예쁘지 않

아도 자연스럽지 않은 여러 번의 반복이 그것 때문에 본문에서 나오고 있음을 용서해 주길 바란다.

4. 모든 교육에서 한 장(章, chapter)의 배워야 할 단어 비율을 엄격하게 줄이기

그렇게 해서 새로 소개된 모든 요소가 마치 전체 문맥에 의해 옮겨진 것처럼 이 책에서 새로운 단어는 이런 식으로 나온다. 1장의 내용을 자기 것으로 만든 독자라면 2장에서 8장까지는 적어도 82% 이미 이해하고 있다. 9장에서 12장까지는 89%를, 12장 다음은 본문의 92%를 알고 있다. 사실상 마지막 장에는 오직 3%의 새로운 어근이 나올 뿐이다. 장마다 길이가 달라 많이 놀랄 것이다. 그것은 정신의 능력이 새로운 물질을 꾸준히 같은 수준으로 체내에 흡수하지 않는다는 사실에 대한 적용을 바랐기 때문이다. 장 안에서 구분은 교사를 돕기 위한 간단한 표시이므로 의무는 아니다. 강습 지도자는 교육을 어떻게 구성하고 이 책과 동반하는 책을 포함해서 두 책을 어떻게 사용할지 스스로 결정할 것이다. 이 책은 독습용으로 계획된 것은 아니다.

하지만 문법에 대한 좋은 이해를 한 사람들은 이 책과 동반한 단어 목록을 사용해서 에스페란토의 기초를 집에서 성공적으로 배웠다고 알려져 있다. 그들이 에스페란토사용자의 간헐적인 도움을 받는다면. 시각장애인을 위한 별도의 출판물도 있다. 이 소설은 어떠한 다른 강습 뒤 처음 읽는 책으로도 사용될 수 있다.

ANTAŬPAROLO

Esploroj pri la psiko-pedagogio de lingvoj montris, ke por igi la instruon kiel eble plej efika, necesas respekti serion da principoj. Ĉi tiu libro prezentas provon apliki tiujn al la instruado de esperanto, i.a. la jenajn:

1. Motivi la lernanton.
La ĉefa faktoro en la sukceso de lingvo-lernado estas la motivado. Por tiun favori, la libro prezentiĝas kiel aventur-romano, en kiu jam en la dua capitro atento-kapta okazaĵo tiklas la scivolemon kaj instigas la lernanton legi plu.

2. Apliki la regulon «ju pli ofta la vorto, des pli frue enkonduki ĝin».
La reguleco de esperanto ebligis tion fari tuj de la komenco. Internacia Kultura Servo en Zagreb havigis la necesajn laŭoftecajn vortlistojn,

ricevitajn per statistika prilaborado de konversacioj surbendigitaj okaze de diversaj internaciaj kunvenoj.

3. Ripetadi en malsamaj kuntekstoj.

Radiko, vortero aŭ lingva strukturo asimiliĝas des pli senpene, ju pli ofte ĝi ripetiĝas, ĉefe se oni atentas la gravecon ree prezentiĝin precize en la momento kiam, ne uzate dum iu tempo-spaco, ĝi emus forgesiĝi. Tiu principo estis observata. Espereble la legantoj bonvolos pardoni la kelkfoje nenaturajn ripetojn, stile ne tre belajn, kiujn la teksto pro tio enhavas.

4. Redukti plej severe, en ĉiu instru-unuo, la proporcion de novaj lernendaĵoj.

Tiel, ĉiu nove enkondukata elemento estas kvazaŭ portata de la tuta kunteksto. En ĉi tiu libro, novaj vortoj aperas tiamaniere, ke, asimilinte la enhavon de la unua ĉapitro, la lernanto jam komprenas almenaŭ 82 procentojn de ĉapitroj 2 ĝis 8; 89 procentojn de ĉapitroj 9 ĝis 12; kaj 92 procentojn de la tekstoj post ĉapitro 12. Fakte, la lasta ĉapitro enhavas nur 3 procentojn da novaj radikoj.

Multajn eble surprizos la diversa longeco de la ĉapitroj. Ĝi fontas el la deziro adaptiĝi al la fakto, ke la mensa kapablo asimili novan materialon ne restas konstante samnivela. La dividoj ene de la ĉapitroj estas simplaj indikoj por helpi la instruanton, nedevigaj.

La kursgvidanto decidos mem, kiel organizi sian instruadon, utiligante la du libretojn, kiuj akompanas ĉi tiun (vidu paĝon 61 pri akompanaj libroj).

Ĉi tiu verko ne estis planita por memlernado. Tamen montriĝis, ke personoj kun bona kompreno pri gramatiko sukcese lernis hejme la bazojn de esperanto uzante ĉi tiun lernolibron kaj la akompanan Vortliston, se ili disponis la sporadan helpon de esperantisto.

Ekzistas ankaŭ aparta eldono por blinduloj.
Ĉi tiu romaneto povas esti uzata ankaŭ kiel la unua legolibro post iu ajn alia kurso.

1장. 대학식당에서

톰: 안녕, 린다.

린다: 안녕, 톰.

톰: 그 사람이 누군지 내게 말해 줘.

린다: 누구?

톰: 그 키가 큰 금발의 젊은이.

린다: 누구?

톰: 구석에 앉은 그 사람.

린다: 아! 그 사람!

톰: 그래, 그 사람.

린다: 나는 몰라. 그 사람이 누군지 나는 몰라. 아마 새로운 학생 같아.

톰: 그 사람은 완전히 혼자네!

린다: 아니야, 쳐다봐. 예쁜 아가씨가 그 사람에게 가고 있어.

톰: 예쁘지는 않군. 아마도 젊지만 예쁘진 않아. 오로지 네가 예뻐. 린다!

린다: 톰, 고마워. 무슨 일 있어? 아마 너무 일을 많

이 한 것 같아. 그리고….

톰: 특별한 일은 없어. 그리고 나는 일을 너무 많이 하지 않아. 사실 지금 일을 너무 적게 해. 진짜 질문은 네게 무슨 일이 있는거야? 린다. 오로지 네가 정말 예뻐.

린다: 어머, 정말!

톰: 사실이야! 오직 네가 예뻐. 린다. 진심이야! 나랑 같이 가자.

린다: 하지만.

톰: 이리 와. 큰 거울 앞으로. 쳐다봐. 여기 린다가 있어. 세상에서 가장 예쁜 아가씨! 온 세상에서 가장 예쁜 여자.

린다: 그리고 여기 톰이라고 모든 대학에서 가장 진지하지 못한 남자아이가 있어.

Ĉapitro 1   EN UNIVERSITATA RESTORACIO

Tom: Saluton, Linda.

Linda: Saluton, Tom.

Tom: Diru al mi: kiu estas tiu?

Linda: Kiu?

Tom: Tiu alta, blonda, juna viro...

Linda: Kiu?

Tom: Tiu, kiu sidas en la angulo.

Linda: Ho, tiu!

Tom: Jes, tiu.

***

Linda: Mi ne scias. Mi ne scias, kiu li estas. Nova studento, ver-ŝajne.

Tom: Li estas tute sola.

Linda: Ne. Rigardu: bela knabino iras al li.

Tom: Ne bela. Juna, eble, sed ne bela. Nur vi estas bela. Linda.

Linda: Tom, kara! Kio okazas al vi? Eble vi
laboras tro multe, kaj ...

Tom: Nenio speciala okazas al mi. Kaj mi ne
laboras tro multe. Fakte mi laboras
malmulte nun. La vera demando estas:
kio okazas al vi, Linda? Nur vi estas
vere bela.

***

Linda: Nu, nu ...

Tom: Estas fakto. Nur vi estas bela, Linda. Mi
estas sincera. Venu kun mi!

Linda: Sed ...

Tom: Venu. Al la granda spegulo. Rigardu. Jen
estas Linda, la plej bela virino en la
mondo, la plej bela virino en la tuta
mondo.

Linda: Kaj jen estas Tom, la plej malserioza
knabo en la tuta universitato.

2장. 무슨 일이야?

린다: 톰!

톰: 무슨 일이야? 창백하구나. 예쁘지만 얼굴이 하얘.

린다: 톰! 쳐다보지 마.

톰: 무슨 일이야?

린다: 이상해. 뭔가 이상한 일이 생겼어. 뭔가 정말 이상한 일이. 그 사람, 그 새로운 학생. 아니. 부탁하는데 쳐다보지 마. 진정해.

톰: 아이고! 그 이상한 게 무엇인지 내게 말해 줘.

린다: 그 사람 손이 이상하게 움직여. 원하면 쳐다 봐. 하지만 아주 눈치 못 채게. 아마 조금 몸을 돌려야 해. 하지만 아주 자연스럽게. 네가 보는 것을 그 사람이 보지 못하도록.

톰: 네가 맞아. 뭔가 이상한 일이 생겼어. 아가씨가 남자를 쳐다보지 않고 지금 큰 거울을 쳐다봐. 남자 손이 조금씩, 아주 아주 천천히 여자의 커피잔으로 다가가고 있어.

린다: 남자 손에 뭔가가 있어.

톰: 나는 보지 못했어. 그 남자가 너무 멀리 있어. 아이참! 키 크고 건강한 남학생이 지금 그들과 나 사이에 섰어. 더 볼 수가 없어.

린다: 하지만 나는 봐. 잘 보고 있어. 아주 잘 봐. 진짜 잘 보고 있어. 참!

톰: 무슨 일이야?

린다: 지금 여자가 남자를 쳐다보자 손이 멈췄어.

톰: 그리고 더 무슨 일이? 내게 말해 줘.

린다: 지금 남자가 여자에게 말하고 있어. 문을 가리키고 있어.

톰: 아마 남자는 여자가 자기를 쳐다보지 않고 다른 방향을 보기 원할 거야.

린다: 맞아. 정말 맞아. 이제 여자가 문을 본다. 남자는 더 말하고 계속 말해. 여자가 남자 있는 곳을 쳐다보지 않을 때 남자 손이 잔으로 더 가까이 가고 있어. 참!

톰: 뭐? 무슨 일이야?

린다: 남자 손이 돌아왔어. 아주 천천히 마치 아주 자연스럽게.

톰: 남자 손에 무언가 있어?

린다: 지금은 없어. 하지만 지금 여자 찻잔 안에 뭔가 있는 것은 정말 확실해.

Ĉapitro 2   KIO OKAZAS?

Linda: Tom!
Tom: Kio okazas al vi? Vi estas pala! Bela, sed
    pala.
Linda: Tom! Ne rigardu!
Tom: Kio okazas?
Linda: Strange! Okazas io stranga, io tre
    stranga. Tiu ulo, tiu nova studento...
    Ne, ne, mi petas vin, ne rigardu. Estu
    diskreta.
Tom: Diable! Diru al mi, kio estas tiu mistero?
Linda: Lia mano agas strange. Rigardu, se vi
    volas, sed plej diskrete. Turnu vin
    iomete, eble, sed tute nature. Li ne
    vidu, ke vi rigardas al li.

***

Tom: Vi pravas. Io stranga okazas. Dum ŝi ne

rigardas al li - ŝi nun rigardas al la granda spegulo lia mano iom post iom, tre tre malrapide, proksimiĝas al ŝia taso...

Linda: Estas io en lia mano...

Tom: Mi ne vidas. Li estas tro malproksima. Diable! Tiu alta forta knabo nun staras inter ili kaj mi. Mi ne plu vidas.

Linda: Sed mi vidas. Mi vidas bone. Mi vidas tre bone. Mi vidas tute bone. Ej!

***

Tom: Kio okazas?

Linda: Ŝi rigardas al li nun, kaj lia mano haltas.

Tom: Kaj kio plu? Diru al mi!

Linda: Nun li parolas al ŝi. Li montras al la pordo.

Tom: Eble li volas, ke ŝi rigardu al alia direkto, ke ŝi ne plu rigardu al li.

Linda: Prave, tute prave. Jen ŝi rigardas al la pordo. Li plu parolas kaj parolas. Dum ŝi ne rigardas al lia direkto, lia mano plu proksimiĝas al la taso. Ej!

Tom: Kio? Kio okazas?

Linda: Lia mano revenas, tute diskrete, kvazaŭ tute nature.

Tom: Ĉu estas io en lia mano?

Linda: Nenio plu. Sed tute certe nun estas io en ŝia taso.

3장. 사랑 고백

봅: 아이고! 무슨 일이야? 너희들은 스파이같이 보여. 옆에 앉을 수 있어?

린다: 안녕, 봅.

톰: 안녕, 봅.

봅: 안녕, 린다. 안녕, 톰. 바로 인사하지 못해 미안해.

린다: 별일 아니야. 이제 인사했으니 괜찮아.

봅: 네 탁자에 앉아도 되겠니?

린다: 물론이지. 우리 옆에 앉아.

봅: 하지만 나는 눈치 없는 사람은 되고 싶지 않아. 아마 톰은 사랑에 관해 말하고 너와 둘만 있는 것을 더 좋아할걸.

톰: 나는 사랑에 관해 이야기하지 않았어.

린다: 톰은 온 세상에서 내가 가장 예쁜 여자라고 말만 했어.

봅: 톰이 맞네. 그것은 사랑 고백이 아니라 단순한 사실이야.

톰: 맞아. 단순한 사실.

봅: 그래 확실히. 린다는 아주 예뻐. 하지만 지금 중요한 것은 그것이 아니야.

린다: 중요하지 않다고? 내가 예쁜 것이 중요하지 않아? 참 예쁜 말이구나.

봅: 미안해. 무언가 더 중요한 것이 있다고 내가 말하고 싶은 거야.

톰: 무엇? 무슨 말을 하고 있니? 더 중요한 것이 무엇인데?

봅: 내가 너에게 가까이 다가가는 동안 너는 나를 보지 못했어. 하지만 나는 너를 바라보았지.

린다: 네가 무슨 말을 하는지 알아듣지 못했어.

봅: 나는 네 얼굴에 관해.

린다: 내 얼굴에 무엇이? 그것이 예쁘지 않니?

봅: 그래 맞아. 그것은 예뻐. 이 세상에서 가장 예뻐. 그러나 그것이 신비로워.

린다: 신비로워? 내 얼굴이 신비롭다고?

봅: 그래. 네 얼굴이 신비로워. 사실 너희들 얼굴이 신비로워. 남자 스파이의 신비로운 얼굴 옆에 여자 스파이의 신비로운 얼굴. 너는 이상하게 보여. 너는 신비롭게 보여. 내가 너에게 다가가는 동안 자세히 봤어. 린다. 너의 얼굴에 신비로운 표정이 있고. 톰 너의 얼굴에도 벌써 말했던 것처럼 너희들은 스파이같이 보여.

Ĉapitro 3   AM-DEKLARO

Bob: Diable! Kio okazas? Vi aspektis kiel
      spionoj. Ĉu mi povas sidi kun vi?
Linda: Saluton, Bob.
Tom: Bonan tagon, Bob.
Bob: Bonan tagon, Linda. Bonan tagon, Tom.
      Pardonu, ke mi ne salutis vin tuj.
Linda: Ne gravas. Nun vi salutis, kaj mi
      pardonas vin.
Bob: Ĉu vi permesas, ke mi sidu ĉe via tablo?
Linda: Kompreneble, vi sidu kun ni.
Bob: Mi tamen ne volas esti maldiskreta. Eble
      Tom parolas pri amo kaj preferas esti
      sola kun vi.

***

Tom: Mi ne parolis pri amo.
Linda: Li nur diris, ke mi estas la plej bela

virino en la tuta mondo.

Bob: Li pravas. Tio ne estas amdeklaro, tio estas simpla fakto.

Tom: Prave. Simpla fakto.

Bob: Nu, certe, Linda estas tre bela, sed ne tio gravas nun.

Linda: Ne gravas, ĉu? Ne gravas, ke mi estas bela, cu? Jen bela deklaro!

Bob: Pardonu min. Mi volas diri, ke io estas pli grava.

Tom: Kio? Pri kio vi parolas? Kio estas pli grava?

Bob: Vi ne vidis min, dum mi proksimiĝis al vi, sed mi vin rigardis.

Linda: Mi ne komprenas, pri kio vi parolas.

***

Bob: Mi parolas pri via vizaĝo.

Linda: Kio pri mia vizaĝo? Cu ĝi ne estas bela?

Bob: Ho jes, ĝi estas bela. Ĝi estas la plej bela en la mondo. Sed ĝi estis mistera!

Linda: Mistera? Ĉu mia vizaĝo estis mistera?

Bob: Jes. Via vizaĝo estis mistera. Fakte, viaj vizaĝoj estis misteraj. Mistera vizaĝo de spionino ĉe mistera vizaĝo de spiono. Vi aspektis strange. Vi aspektis mistere. Mi bone rigardis vin, dum mi proksimiĝis al vi, kaj estis mistera esprimo sur via vizaĝo, Linda, kaj ankaŭ sur via, Tom. Kiel mi jam diris, vi aspektis kiel spionoj.

4장. 그 게르다가 누구냐?

봅: 누구에 관해 말했는지 솔직하게 내게 말해.

톰: 우리는 그 사람에 관해 말했어.

봅: 누구?

톰: 구석에 있는 사람, 그 젊은이.

봅: 누구를 말하고 있니? 게르다와 함께 앉은 금발 머리니?

린다: 게르다! 그럼 너는 그 여자 이름이 게르다인 것을 알고 있어. 그러면 여자를 알고 있네.

봅: 실은 정말로 그 여자를 알지는 못해. 누구인지만 알아. 그것은 별개의 일이니까.

린다: 그럼 그 여자가 누군데?

봅: 하지만 너는 내게 대답하지 않았어. 내 질문에 대답하지 않았다고. 정말로 그 금발 머리 청년에 관해 너는 말했니?

톰: 그래. 그 남자에 관해.

봅: 몰라. 결코, 전에 본 적이 없어.

린다: 하지만 게르다가 누군지 내게 말해.

밥: 그 여자는 공부하러 왔어. 사실 신비로운 무언가가 주제야. 암호학이라고.

린다: 무엇? 무엇이라고 말했니? 암호학이라고? 그것이 무엇인데?

밥: 정말 암호학이 무엇인지 모르니? 암호 해독학이라고도 해.

린다: 아니. 몰라. 톰, 너는 아니?

톰: 비밀 문자 관련해서 해독하는 기술이 아니니?

밥: 맞아. 그것이 여자의 전공이야. 사실 전공은 고대 비밀언어야.

톰: 나는 이해가 안 돼. 대학에서 누가 고대 비밀언어를 배우려고 해?

밥: 나도 전혀 이해가 안 돼. 언어학 교수 **롱가**의 말에, 비밀언어가 소통하는 기술의 측면이고 언어학과 관련이 있다고 생각해.

린다: 그럴 수 있지. 아마 교수가 다 맞을 거야. 하지만 그 생각은 조금 이상해. 동의하지 않지?

밥: 그래. 그것을 말할 때 내게도 이상하게 보였어.

린다: 아마 언어학 교수 론가는 예쁜 여자가 함께 공부하는 것을 오직 바라는 것 같아. 가능하면 예쁜 아가씨와 함께 일하는 것은 좋은 생각이 아닌가?

톰: 그 여자가 예쁘지 않다고 이미 말했잖아. 오로지

네가 예뻐.

봅: 나는 동의 못 해. 린다가 아주 예쁘고 이 세상에
서 가장 예쁜 아가씨인 것은 사실이야. 하지만 게
르다도 예뻐. 조금 덜 예쁘지만 예뻐. 동의하니?

톰: 전혀 아니야. 아마도 네게는 그렇겠지. 그러나
내게는 아니야. 내겐 오직 린다만이 예쁜 여자야.

봅: 네게 린다가 온 세상에서 가장 예쁜 유일한 여자
라고 말하고 싶니?

톰: 그래. 내게 린다는 온 세상에서 가장 예쁜 유일
한 여자야.

봅: 아이고! 너는 정말 린다를 사랑하는구나.

Ĉapitro 4   KIU ESTAS TIU GERDA?

Bob: Diru al mi sincere, pri kio vi parolis?
Tom: Ni parolis pri tiu ulo.
Bob: Kiu ulo?
Tom: Tiu viro ĉe la angulo. Tiu juna viro.
Bob: Pri kiu vi parolas? Ĉu pri tiu blondulo,
     kiu sidas kun Gerda?
Linda: Gerda! Vi do scias, ke ŝia nomo estas
     Gerda! Vi do konas ŝin!
Bob: Nu, mi ne vere konas ŝin. Mi scias, kiu
     ŝi estas. Tio estas alia afero.
Linda: Kiu do ŝi estas?
Bob: Sed vi ne respondis al mi. Vi ne
     respondis al mia demando. Ĉu vere pri
     tiu blonda junulo vi parolis?
Tom: Jes. Pri li.
Bob: Mi ne konas lin. Mi neniam vidis lin
     antaŭe.

***

Linda: Sed, diru al mi, kiu estas tiu Gerda?

Bob: Ŝi venis por instrui. Temas pri io mistera, fakte. Kriptaĵo-scienco.

Linda: Kio? Kiel vi diris? Krip-ta-ĵo-sci-en-co, ĉu? Kio estas tio?

Bob: Ĉu vere vi ne scias, kio estas kriptaĵoscienco? Oni diras ankaŭ «kriptografio».

Linda: Ne. Mi ne scias. Mi tute ne scias. Ĉu vi scias, Tom?

Tom: Ĉu tio ne estas la arto kompreni, pri kio temas sekreta mesaĝo?

Bob: Prave. Jen ŝia fako. Fakte, ŝia fako estas la malnovaj sekretaj lingvoj.

Tom: Mi ne komprenas. Kiu, en universitato, volas lerni pri malnovaj sekretaj lingvoj?

Bob: Ankaŭ mi ne tute komprenas. Estis ideo de Ronga, la profesoro pri lingvistiko. Li konsideras, ke sekretaj lingvoj estas aspekto de la arto komuniki, kaj ke ili do rilatas al lingvistiko.

Linda: Eble jes. Eble li pravas. Kaj tamen tiu ideo estas iom stranga, ĉu vi ne konsentas?

Bob: Jes. Ĝi aspektis strange ankaŭ al mi,
kiam oni parolis pri ĝi.

***

Linda: Eble Ronga, la lingvistika profesoro,
nur deziris, ke bela virino kunlaboru
kun li. Ĉu ne estas bona ideo kunlabori
kun bela knabino, kiam tio estas ebla?
Tom: Mi jam diris al vi, ke ĝi ne estas bela.
Nur vi estas bela.
Bob: Mi ne konsentas. Estas fakto, ke Linda
estas tre bela, ke ŝi estas la plej bela
knabino en la mondo. Sed ankaŭ Gerda
estas bela. Iom malpli bela, sed tamen
bela. Ĉu vi konsentas?
Tom: Tute ne. Por vi, eble. Sed por mi ne.
Por mi, nur Linda ekzistas kiel bela
virino.
Bob: Ĉu vi volas diri, ke por vi Linda estas la
sola bela virino en la tuta mondo?
Tom: Jes. Por mi, Linda estas la sola bela
virino en la tuta mondo.
Bob: Diable! Vi verŝajne amas ŝin.

5장. 무언가 신비로운 물질

봅: 참. 너는 그 두 사람을 스파이처럼 쳐다보는 동
안 무슨 일이 일어났는지 아직 내게 말을 하지
않았어.

린다: 뭔가 정말 이상한 일이 일어났어.

톰: 정말 이상한 일이야. 사실 그 젊은이의 손에 뭔
가가 있었어.

봅: 무엇이?

린다: 우리는 볼 수 없었어. 아주 작은 뭔가. 작고
사소한 거.

톰: 그리고 여자가 안 볼 때 남자 손이 여자 찻잔에
가까이 갔지.

린다: 그리고 여자가 쳐다볼 때는 남자 손도 멈추고.

톰: 그때 여자에게 뭔가를 보여 줬어. 분명히 주의를
다른 데로 돌리고 싶어 했어.

린다: 그리고 성공했지. 완벽히 성공했어. 여자가 문
을 쳐다봤어. 멀리 바라볼 때 남자 손이 갑자
기 여자 찻잔 위에 있었지. 1초 정도. 더는 아
니고 아주 자연스럽게 돌아왔지. 빈손으로.

봅: 전에는 그것이 가득 했어?

톰: 가득하지는 않았지. 물론 그것이 가득하지는 않았어. 하지만 그 안에 뭔가 있었어. 그리고 1초 정도 게르다의 찻잔 위에 있고 나서 그 안에 더는 아무것도 없었지.

린다: 분명 무언가 신비로운 물질이야.

톰: 어떤 약재?

봅: 아주 단순히 설탕 조각이 아닌 것을 어떻게 알 수 있지?

린다: 단순히 설탕이라면 그렇게 몰래 행동하지 않지.

톰: 더구나 여기에 조각 설탕은 없어. 설탕통에는 오직 가루 설탕만 있어.

봅: 아마 설탕 조각을 주머니에 가지고 있었겠지.

톰: 너는 설탕 조각을 주머니에 넣고 가끔 산책하니?

봅: 네 말이 맞아. 그 생각은 불합리해.

린다: 쳐다봐. 여자가 일어나 멀리 가.

봅: 정말 정상인 것처럼 보이는데. 아주 단순하고 아주 자연스러운 일에 관해 뭔가 드라마를 상상하는 듯해.

Ĉapitro 5   IU MISTERA SUBSTANCO

Bob: Nu, vi ankoraŭ ne diris al mi, kio okazis,
    dum vi spione rigardis tiun paron.
Linda: Okazis io vere stranga.
Tom: Vere stranga, fakte. En la mano de tiu
    junulo estis io.
Bob: Kio?
Linda: Ni ne povis vidi. lo tre eta. Malgranda
    afero. Afereto.
Tom: Kaj dum ŝi ne rigardis, lia mano
    alproksimiĝis al ŝia taso.
Linda: Kaj kiam ŝi ekrigardis lin, lia mano
    ekhaltis.
Tom: Tiam li montris ion al ŝi. Evidente, li
    deziris forturni ŝian atenton.
Linda: Kaj li sukcesis. Li plene sukcesis. Ŝi
    rigardis al la pordo. Kaj dum ŝi rigardis
    for, lia mano subite estis super ŝia
    taso, dum unu sekundo, ne pli, kaj tute
    nature revenis. Malplena.

***

Bob: ĉu ĝi estis plena antaŭe?

Tom: Ne plena. Kompreneble, ĝi ne estis plena. Sed estis io en ĝi, kaj post kiam ĝi estis dum sekundo super la taso de Gerda, estis plu nenio en ĝi.

Linda: Certe estas iu mistera substanco.

Tom: Iu drogo.

Bob: Kiel vi povas scii, ke ne estis tute simple peco da sukero?

Linda: Li ne agus tiel kaŝe, se estus nur sukero.

Tom: Cetere, ĉi tie ne estas peca sukero. Estas nur pulvora sukero, en sukerujoj.

Bob: Eble li havis suker-pecon en la poŝo kaj...

Tom: Ĉu vi ofte promenas kun sukerpecoj en via poŝo?

Bob: Vi pravas. Tiu ideo estas absurda. Tamen...

Linda: Rigardu! Jen ŝi ekstaras, kaj ekiras for.

Bob: Ŝi ŝajnas tute normala. Verŝajne vi imagis ion draman, dum temas pri tute simpla, tute natura okazaĵo.

6장. 게르다가 복도에서 쓰러진다

톰: 들었어? 무슨 일이지?

봅: 응, 들었어. 뭔가 들었어.

린다: 마치 누군가 복도에서 쓰러지는 듯한 이상한 소리를 나도 들었어.

봅: 마치 여자가 넘어진 듯해.

톰: 나도 너와 같은 생각을 해. 나도 그렇다고 생각 했어. 게르다가 복도에서 쓰러졌다고 생각해.

린다: 우리 보러 갈까?

톰: 물론. 바로 가자.

봅: 나는 톰과 함께 갈게. 너는 여기 머물러. 린다, 게르다와 함께 이야기하고 아마도 커피에 약물을 넣은 그 젊은이를 살펴.

린다: 너희 둘이 가고 나만 완전히 혼자 머물라고? 조금 무서운데.

봅: 말다툼할 시간이 없어. 바로 보러 가야만 해. 조용히 여기에 머물러. 어떤 위험도 없을 거야. 톰, 시간 뺏기지 말자.

Ĉapitro 6   GERDA FALAS EN LA KORIDORO

Tom: Ĉu vi aŭdis? Kio estis tio?
Bob: Jes, mi aŭdis. Mi aŭdis ion.
Linda: Ankaŭ mi aŭdis strangan bruon,
kvazaŭ iu falus en la koridoro.
Bob: Kvazaŭ ŝi falus.
Tom: Mi havis la saman penson kiel vi. Ankaŭ
mi pensis tion. Ankaŭ mi pensis: jen
Gerda falas en la koridoro.
Linda: Ĉu ni iru vidi?
Tom: Kompreneble. Ni iru tuj.

***

Bob: Mi iru kun Tom, sed vi restu ĉi tie,
Linda. Observu tiun junulon, kun kiu
Gerda parolis, kaj kiu eble metis drogon
en ŝian kafon.
Linda: Ĉu vi ambaŭ foriras kaj mi restu tute

sola? Mi iom timas.

Bob: Ni ne havas la tempon diskuti. Ni devas iri vidi tuj. Restu trankvile ĉi tie. Vi nenion riskas. Venu, Tom, ni ne perdu tempon.

7장. 복도에서

톰: 여기 여자가 있어. 우리가 맞지? 간신히 구석까지 도착해서 벌써 쓰러졌어. 정신이 없는 것처럼 보여. 정신을 잃고 쓰러진 거야.

봅: 아직 살아 있니?

톰: 응, 걱정하지 마. 정신을 잃었지만, 목숨을 잃은 것은 아냐. 심장이 뛰어. 약하게 뛰지만 그래도 뛰어. 그럼 살아 있는 거야. 아마 겨우 살았지만 살아 있어.

봅: 무엇을 할까?

톰: 여자가 자는 것 같아.

톰: 책임자에게 알려야만 해. 바로 내가 갈게. 그들은 아마 의사나 치료할 수 있는 사람을 불러야 할 거야. 그리고 적어도 바로 간호사를 보낼 거야. 분명 이 대학에 간호사가 있을 거야. 그렇지?

봅: 그럴 거야. 그렇지만 분명한 것은 몰라. 여기 겨우 일주일 있었어.

톰: 그럼 곧 그들에게 알리려고 갈게. 여기서 여자와

함께 있어. 하지만 먼저 여자를 더 잘 두어야 해. 발은 머리보다 높게 해서 편안하게 눕혀.

봅: 정말로? 정말 발은 머리보다 높게 해서 눕히기 원해? 그것은 편안하지 않은데.

톰: 하지만 사람들이 내게 가르쳐 준 것을 제대로 기억한다면 누가 정신을 잃었을 때 그것이 정확한 위치야.

Ĉapitro 7   EN LA KORIDORO

Tom: Jen ŝi estas. Ni pravis. Ŝi apenaŭ havis
la tempon alveni ĝis la angulo, jam ŝi
falis. Videble, ŝi estas nekonscia. Ŝi
perdis la konscion kaj falis.

Bob: Ĉu ŝi ankoraŭ vivas?

Tom: Jes. Ne timu, Ŝi perdis la konscion, sed
ŝi ne perdis la vivon. La koro batas. Ĝi
batas malforte, sed tamen batas. Ŝi do
vivas. Eble ŝi apenaŭ vivas, sed ŝi vivas.

Bob: Kion ni faru?

Tom: Ŝajnas, ke ŝi dormas.

***

Tom: Ni devas informi la aŭtoritatojn. Tuj. Mi
iros. Ili eble decidos voki doktoron,
kuraciston, kaj almenaŭ tuj sendos
flegistinon. Certe estas flegistino en ĉi

tiu universitato, ĉu ne?

Bob: Verŝajne, sed mi ne scias certe. Mi estas ĉi tie apenaŭ unu semajnon.

Tom: Nu, mi tuj iros informi ilin. Restu ĉi tie kun ŝi. Sed ni unue metu ŝin pli bone, ke ŝi kuŝu komforte, kun la piedoj pli altaj ol la kapo.

Bob: Ĉu vere? Ĉu vere vi volas, ke ŝi kuŝu kun la piedoj pli altaj ol la kapo? Tio ne estas komforta.

Tom: Tamen, kiam iu perdis la konscion, tio estas la ĝusta pozicio, se mi bone memoras, kion oni instruis al mi.

8장. 린다는 무엇을 할지 알지 못한다

대학 자율 식당에서 린다는 앉아 생각했다. 그렇게 편안하지는 않지만 생각에 잠겼다. 사실 린다의 생각은 점점 더 불안해져 갔다. 린다는 게르다의 커피에 무언가를 넣은 젊은 남자를 살폈다. 린다는 점점 불안해졌다. 톰과 봅은 이미 오랫동안 멀리 있다. 그들은 돌아오지 않았다. '그럼 정말 게르다에게 무슨 일이 생겼는가? 하지만 무슨 일이 일어났을까? 무언가 중요한?' 린다는 젊은이를 살피면서 생각했다.

'남자가 일어나서 나가려고 하면 무엇을 할까? 뒤를 따라갈까? 뒤를 따라가? 남자가 밖으로 나간다면 무엇을 하지? 밖으로 뒤를 따라갈까? 밖에서 뒤를 따를까? 무엇을 할지 모르겠다. 무엇을 해야 할지 모르겠어. 뒤를 따라갈지 말지 모르겠다. 남자가 차로 떠난다면? 나도 차로 뒤를 따를까?'

'벌써 저녁이다. 곧 밤이 될 거야. 그래, 곧 밤이 될 거야. 밤에 남자를 따라갈까? 그리고 대학 밖으로 나가지 않고 여기에 머물지라도 뒤를 따를까? 이 문을 지나 나간다면 어느 방까지 복도에서 걸을 것이다. 복도로 뒤를 따를까? 복도에서 뒤를 따를까? 남자가 들어가는 어느 방까지 뒤를 따를까? 아니야. 불가능해. 복도에서 기다릴 거야. 그러나 아무 일도 일어나지 않는다면? 오래도록 방에 머문다면? 그리고 이 문을 지나 나간다면 밖으로 갈 것이다. 정말 도시로. 내가 도시로 남자를 따를까? 도시까지 뒤를 따를까? 도시에서 뒤를 따를까? 걸어서 간다면 아마 나를 볼 것이다. 정말로 남자가 나를 볼 거야. 내가 뒤를 따른다고 의심할 거야. 남자가 내게 몸을 돌릴 거야. 나는 두려워질 거야. 창백해지거나 얼굴이 토마토처럼 붉게 될 거야. 그래, 나는 나를 안다. 나는 하얘졌다가 곧 나중에는 붉게 돼. 어쨌든 나는 불안해져. 벌써 지금 나는 불안해. 남자가 버스를 타고 간다면 우리는 함께 버스 정류장에서 기다려야 하니까. 내가 뒤따라간다고 더 확실하게 볼 것이다.'

린다는 무엇을 할지 결정하지 못했다. 무서웠다. 심장은 빠르게 뛰었다. 톰과 봅이 함께 있기를, 그들이 돕기를, 그들이 자신이 경험하는 것을 돕기를 바랐다. 린다는 완전히 혼자다. 심장이 빨라지는 것을 느꼈지만 무엇을 할지 알지 못했다. 그리고 린다가 결정할 수 있기 전에 다시 안정을 찾기 전에 젊은 남자가 일어선다. 남자는 복도 문을 바라본다. 거기로 갈까? 도시로 향하는 문을 쳐다본다. 거기로? 그래. 남자가 거기로 나간다. 린다는 자동으로 일어나서 같은 문으로 걸어간다. 결정한 것은 린다가 아니다. 몸이 스스로 결정한 것 같다. 발이 스스로 움직인 것 같다. 참 어쨌든 린다는 남자를 뒤따른다. 신비로운 운명은 누구에게?

Ĉapitro 8   LINDA NE SCIAS, KION FARI

En la universitata memserva restoracio, Linda sidas kaj pensas. Ŝi pensas ne tre trankvile. Fakte, ŝiaj pensoj iĝas pli kaj pli maltrankvilaj. Ŝi observas la junan viron, kiu metis ion en la kafon de Gerda.

Ŝi pli kaj pli maltrankviliĝas.

Tom kaj Bob estas for jam longe. Ili ne revenas. Ĉu do vere okazis io al Gerda? Sed kio okazis? Ĉu io grava?

Linda observas la junulon kaj pensas:

"Kion mi faros, se li ekstaros kaj foriros? Ĉu mi sekvos lin? Ĉu mi sekvu lin?

Kion mi faru, se li iros eksteren? Ĉu mi sekvu lin eksteren? Ĉu mi sekvu lin ekstere? Mi ne scias, kion mi faru. Mi ne scias, kion mi faros. Mi ne scias, Ĉu mi sekvos lin aŭ ne.

Kaj se li foriros en aŭto? Ĉu ankaŭ mi sekvu lin aŭte?"

***

"Jam estas vespero. Baldaŭ venos nokto. Jes. Baldaŭ noktiĝos. Ĉu mi sekvu lin nokte?

Kaj eĉ se li ne iros eksteren de la universitato, eĉ se li restos ĉi tie, ĉu mi sekvu lin?

Se li eliros tra tiu ĉi pordo, li iros en la koridoro al iu ĉambro. Ĉu mi sekvu lin en la koridoron? Ĉu mi sekvu lin en la koridoro? Ĉu mi sekvu lin en la Ĉambron, en kiun li eniros? Ne. Neeble. Mi atendos en la koridoro. Sed se nenio okazos? Se li restos longe plu en la ĉambro?

Kaj se li eliros tra tiu pordo, li iros eksteren, verŝajne al la urbo. Ĉu mi sekvu lin al la urbo? Ĉu mi sekvu lin en la urbon? Ĉu mi sekvu lin en la urbo?

Se li iros piede, eble li vidos min, verŝajne li vidos min. Li suspektos, ke mi lin sekvas. Li turnos sin al mi. Mi ektimos. Mi paliĝos, aŭ mia vizaĝo iĝos ruĝa kiel tomato. Jes. Mi konas min. Mi paligos kaj tuj poste ruĝiĝos. Ciaokaze, mi maltrankviliĝas. Jam nun mi maltrankviliĝas.

Se li iros per buso, li eĉ pli certe vidos, ke mi

sekvas lin, ĉar ni devos kune atendi ĉe la haltejo."

***

Linda ne sukcesas decidi, kion ŝi faru.

Ŝi timas. Ŝia koro batas rapide. Ŝi volus, ke Tom kaj Bob estu kun ŝi, ke ili helpu ŝin, ke ili helpu ŝin decidi. Ŝi estas tute sola. Ŝi sentas, ke ŝia koro rapidigas, sed ŝi ne scias, kion fari.

Kaj jen, antaŭ ol ŝi povis decidi, antaŭ ol ŝi sukcesis retrankviliĝi, jen la juna viro ekstaras.

Li rigardas al la koridora pordo. Ĉu tien li iros?

Li rigardas al la pordo, tra kiu oni eliras al la urbo. Ĉu tien? Jes, tien li iras.

Kaj Linda aŭtomate ekstaras kaj ekpaŝas al la sama pordo. Ne ŝi decidis. Ŝajnas, ke ŝia korpo decidis mem. Ŝajnas, ke ŝiaj kruroj agas mem. Nu, ĉiaokaze, jen Linda sekvas lin. Al kiu mistera destino?

9장. 게르다가 사라졌다

여자는 복도 한복판에 누워 있다.

"이리 오세요! 즉시 오세요! 분명 일이 다급해요." 톰이 말했다.

톰은 간호사를 바라본다. 간호사는 뚱뚱하고 파란 눈에 빨간 머릿결, 아주 둥근 얼굴에 조금 살찐 여자다. 벌써 몇 분. 톰이 무슨 일이 생겼냐고 물어보았지만, 그 간호사는 빨리 이해하지 못한 듯했다. 급하다는 단어가 간호사의 단어장에는 없는 듯 보였다.

"누워 있어요? 복도 한가운데, 정말로?" 간호사가 말했다. 간호사는 겨우 믿을 수 있는 듯 보였다.

"아이고. 왜 복도 가운데 누웠나요?" 간호사가 물었다. "빨리 와 주세요. 왜 거기 누웠는지 나는 몰라요. 내가 본 것을 말할 뿐입니다. 우리가 거기서 여자를 발견했어요. 아마 아픈 듯해요. 나는 몰라요. 여자가 기절하더니 정신을 잃었어요.

지금 확실히 서둘러 여자를 돌보아야 해요."

"이상한 일이군."

"글쎄, 나는 전문가가 아닙니다. 선생님이 맞죠? 아픈 사람을 돌보는 것은 선생님 전문이죠. 그렇죠? 즉시 와 주세요. 급해요."

"참, 내, 이런, 도대체 왜? 아이고. 여자가 복도에서 기절했나요? 이상한 생각이네. 거기서 사람들은 절대 기절하지 않아요."

"정말요? 그럼 이 대학교 어디에서 사람들이 기절하나요? 죄송하지만 저는 전통을 몰라요. 저는 신입생이에요. 여기에 온 지 겨우 일주일 됐어요."

"학생, 이 대학에서는 학생들이 교실에서 기절해요. 식당에서 기절해요. 욕실에서 기절해요. 아마 어느 행정실에서 기절하기도 해요. 하지만 복도에서의 기절은 들어본 적이 없어요. 이상한 시대군. 이상한 세대야. 어떤 것이든 우리 세대에는 일어나는군."

"선생님은 말하고 말하고 계속 말하는데 그러는 동안 그 불쌍한 여자는 복도에 누워 있어요. 그리고 그 누구도 여자를 돌보지 않아요."

"그래. 참. 걱정하지 마요. 학생. 염려하지 마요. 우리가 곧 거기로 서둘러 갈게요. 그리고 내가 여자를 금세 돌볼게요."

그리고 그들은 함께 급히 톰이 게르다와 함께 친구를 둔 곳으로 갔다.

그러나 갑자기 톰이 멈추었다.

"무슨 일이에요? 왜 갑자기 멈추나요?" 간호사가 물

었다.

"여자가 여기 있었는데 이제는 없어요. 하지만 다른 누군가가 있네요. 그리고 내가 보기에 정신을, 남자는 정신을 잃었네요."

"남자를 아나요?"

"예. 내 친구 봅입니다."

"봅에게 무슨 일이 일어났을까?"

간호사는 복도 벽에 넘어져 앉아있는 봅에게 갔다. 그리고 봅의 머리를 만졌다.

"맞았구먼. 누가 머리를 때렸어요."

"아이고, 봅, 봅. 대답해. 내 소리 들리니? 말해. 부탁하는데 무슨 일이야?" 그러나 봅은 대답이 없고 톰은 점점 불안해진다.

"Ŝi kuŝas meze de la koridoro! Venu, venu tuj. Certe la afero urĝas", diras Tom.

Li rigardas la flegistinon. Ŝi estas dika, grasa virino kun bluaj okuloj, ruĝaj haroj, kaj tre ronda vizaĝo. Jam kelkajn minutojn li provas diri, kio okazis, sed ŝajnas, ke tiu flegistino ne rapide komprenas. La vorto «urĝa» ŝajnas ne ekzisti en ŝia vortaro. "Kuŝas, ĉu? Meze de la koridoro, ĉu vere?" ŝi diras.

Videble, la flegistino apenaŭ povas kredi. "Kial, diable, ŝi kuŝus meze de la koridoro?" Ŝi demandas.

"Mi petas, venu urĝe. Mi ne scias, kial ŝi kuŝas tie. Mi nur diras, kion mi vidis. Ni trovis ŝin tie. Eble ŝi estis malsana. Mi ne scias. Ŝi svenis, ŝi perdis la konscion. Nun certe oni devas urĝe okupiĝi pri ŝi."

***

"Stranga afero!"

"Nu, mi ne estas fakulo. Vi jes. Okupiĝi pri malsanaj homoj estas via fako, ĉu ne? Venu tuj. Urĝas!"

"Nu, nu, nu, nu. Kial, diable, ŝi svenis en la koridoro? Stranga ideo! Oni neniam svenas tie."

"Ĉu vere? Kie do oni svenas en ĉi tiu universitato? Pardonu min, sed mi ne konas la tradiciojn. Mi estas novulo. Apenaŭ unu semajnon mi estas ĉi tie."

"Juna viro, en ĉi tiu universitato, oni svenas en la klasĉambroj, oni svenas en la restoracio, oni svenas en la dormĉambroj, oni svenas en la banĉambroj, eble oni eĉ povus sveni en iu administra oficejo. Sed pri sveno koridora mi neniam aŭdis. Stranga epoko! Stranga generacio! Oni faras ion ajn niaepoke!"

"Vi parolas, parolas, paroladas, kaj dume tiu kompatinda knabino kuŝas en la koridoro, kaj neniu zorgas pri si!"

"Nu, nu. Ne maltrankviliĝu, juna viro, ne havu zorgojn. Ni tuj rapidos tien, kaj mi tuj prizorgos ŝin."

***

Kaj ili kune rapidas al la loko, kie Tom lasis sian amikon kun Gerda.

Sed jen subite Tom haltas.

"Kio okazas? Kial vi ekhaltis?" demandas la flegistino.

"Ŝi estis ĉi tie, kaj ne plu estas, sed ..."

"Sed estas iu alia, kaj li estas senkonscia, ŝajnas al mi. Ĉu vi konas lin?"

"Jes, estas mia amiko Bob. Kio okazis al li?" La flegistino iras al Bob, kiu fal-sidas ĉe la koridora muro. Si tuŝas lian kapon.

"Batita! Oni batis la kapon al li!"

"Diable! Bob, Bob! Respondu! Ĉu vi aŭdas min? Diru! Mi petas. Kio okazis?"

Sed Bob ne respondas, kaj Tom iĝas pli kaj pli maltrankvila.

10장. 믿을 만하지 못한 간호사

사실 톰은 간호사를 믿을 마음이 없다. 왜? 사랑하는 친구야, 이 모험을 처음부터 따라온 너는 알지? 왜 톰이 간호사를 믿고 싶은 마음이 없는지 너는 알지? 아니다. 분명 너는 모른다. 나 역시 모른다. 하지만 사실은 사실로 남아 있다. 비록 우리가 그것을 이해하지 못해도. 그리고 사실은 톰이 간호사를 믿고 싶지 않다는 것이다. 톰은 행동을 좋아하는 소년이고 조금 모험을 즐기기까지 한다. 아마도 너무 수다를 떠는 간호사가 톰에게 믿을 만큼 보이지 않았다. 아마 톰은 그 간호사가 너무 말을 많이 하는 경향이 있어 믿을 만하지 못하다고 생각한다. 아니면 뭔가 다른 이유일까? 톰은 친구 봅을 아주 좋아한다. 매우 좋아한다. 사실 봅을 사랑한다. 봅과 오래전에 당시 그들이 살았던 대도시에서 친구가 되었다. 그들은 한동안 같은 학교조차 다녔다. 하지만 나중에 톰이 다른 도시에 가야만 해서 그들은 더는 서로 볼 수 없었다. 며칠 전 같은 대학에서 서로 다시 만났을 때 두 사람은 운명에 아주 감사했다.

그들은 거기의 아주 쾌적한 생활을 아주 많이 좋아한

다. 그들은 그것을 매우 좋아한다. 두 사람은 행동 지향적이고 일하길 좋아하는 학생인데 특별히 뭔가 두려워하는 여학생에게 특별히 그런 마음을 가지고 있다. 아마도 두려워하는 아가씨가 절대 두려워하지 않는 여자나 겁 없는 여자보다 덜 두려워할 만하므로. 이해가 되나요? 하지만 지금 톰은 모험을 싫어한다. 톰은 왜 간호사가 믿을 만하지 못하다고 느끼는지 궁금하다. 톰은 과묵하고 신중한듯한 여자를 더 좋아한다. 이 분은 아주 잘 돌볼 것처럼 보이지 않고, 질문에 주의를 기울이려고 하는 것을 보지 못한다.

솔직히 말해 톰은 간호사가 자기 일을 실수하는 경향이 있다고 생각한다. 톰은 간호사가 자주 실수로 행동할까 두렵다. 실수하는 경향이 있는 사람이 세상에는 있다. 너무 수다스러운 간호사가 왜 그들 중 한 명이 아닐까? 톰은 간호사에게 몸을 돌렸을 때 잘못 찾았나? 하지만 다른 누구에게 몸을 돌릴 것인가? 그 여자는 대학에서 찾은 유일한 간호사다. 아니면 톰이 잘못 생각하나? 그리고 지금 톰은 린다에 관해 너무 걱정하는 자신을 느낀다. 아주 예쁜 여자아이가 위험에 있지 않나? 톰은 린다를 사랑하고, 점점 너무 사랑하기까지 하고, 위험한 사람이 린다에게 뭔가를 할 수 있다는 생각이 적어도 가능하다.

인생은 쉽지 않고 지금 모든 일이 점점 더 바람직하지 못한 것처럼 보인다.

Ĉapitro 10   NEFIDINDA FLEGISTINO

Fakte, Tom ne estas ema fidi la flegistinon.
Kial? Ĉu vi scias, kara amiko, vi kiu sekvas ĉi
tiun aventuron ekde la unua vorto? Ĉu vi scias,
kial Tom ne emas fidi la flegistinon?
Ne. Certe vi ne scias. Ankaŭ mi ne scias. Sed
fakto restas fakto, eĉ se ni ne komprenas ĝin.
Kaj la fakto estas, ke Tom ne emas ŝin kredi.
Tom estas agema knabo, eĉ iom aventurema,
kaj eble tiu tro parolema flegistino ne sajnas al
li kredinda. Eble li opinias, ke tiu flegistino tro
emas paroli, kaj do ne estas fidinda. Aŭ ĉu
temas pri io alia?
Tom ege ŝatas sian amikon Bob. Li ŝategas lin.
Li lin amas, fakte. Bob kaj li amikiĝis
antaŭlonge en la urbego, kie ili vivis tiutempe –
ili dumtempe eĉ iradis al la sama lernejo - sed
poste Tom devis iri al malsama urbo, kaj ili ne
plu vidis sin reciproke. Kiam, antaŭ kelkaj

tagoj, ili retrovis unu la alian en la sama universitato, ambaŭ ege dankis la destinon.

***

Ili treege ŝatas la tiean bonegan vivon. Ili ŝategas ĝin. Ambaŭ estas agemaj, laboremaj knaboj, kun speciala ŝato al la iom timemaj studentinoj. Eble ĉar timema junulino estas malpli timinda ol ino neniam ema timi, ol sentimulino. Ĉu vi komprenas?

Sed nun Tom malŝatas la aventuron. Li sin demandas, kial li sentas tiun flegistinon nefidinda. Li preferus silenteman, grav-aspektan sinjorinon. Tiu ĉi ne aspektas tre zorgeme, kaj li ne trovas ŝin atentema pri liaj demandoj. Verdire, li opinias ŝin ema fuŝi sian laboron. Li timas, ke ŝi ofte agas fuŝe. Fuŝemaj homoj ekzistas en la mondo. Kial tiu tro parolema flegistino ne estus unu el ili? Ĉu li mispaŝis, kiam li turnis sin al ŝi? Sed al kiu alia li povus sin turni? Ŝi estis la sola flegistino, kiu troviĝis en la universitato. Aŭ ĉu li mispensas?

Kaj nun li sentas sin ema zorgi pri Linda. ĉu

tiu belega knabino ne troviĝas en dangero? Li amas ŝin, li eĉ amegas ŝin, pli kaj pli, kaj la ideo, ke danĝeraj homoj povus fari ion al ŝi, apenaŭ estas travivebla. La vivo ne estas facila, kaj ŝajnas nun, ke la tuta afero iĝas pli kaj pli malŝatinda.

11장. 린다는 생각이 났다

린다는 생각이 났다. 린다는 금발의 젊은이가 차로 다 가갈 때 가까이 가서 말을 걸었다.

"아저씨, 나를 도와주세요?" 남자는 내키지 않은 얼굴 로 린다에게 몸을 돌리고, 오래 가만히 바라보았다.

"어떻게 도와줄까요?" 마침내 묻고 바로 덧붙였다. "내가 아니라고 대답한다면 용서해 줘요. 하지만 내게 시간이 정말 없어요. 서둘러 도시로 가야 하거든요."

"바로 그렇게 나를 도울 수 있어요. 제 차가 섰어요. 안에 뭔가가 망가졌어요. 그것을 움직일 수 없어요."

"미안해요. 가장 큰 호의를 베풀려고 해도 일을 좋게 할 수 없네요. 기계에 관해 나는 아무것도 몰라요. 차 량이 모두 작동하는 것을 보면서 항상 놀래요. 내가 발전기를 볼 때, 그런 질서 없는 조직들과 물체 들이 자동차를 가게 한다는 사실이 항상 나를 놀라게 해요."

"제 자동차를 수리해 달라고 부탁하는 것이 아닙니다. 오해하셨습니다. 아저씨 차로 도시까지 저를 데려다줄 수 있는지만을 물었습니다." 린다의 생각은 다음과 같다. '남자를 따라가는 것은 위험하다. 그러나 남자가 차로 이동한다면 함께 가도록 해 주기를 부탁해서 차 타고 가는 동안 남자가 말하도록 하는 것이다.

나는 사려 깊게 외관상 쓸데없는 질문을 해서 말하게 한다. 그렇게 해서 가능한 한 남자에 관해 많이 알 것이다.'

"그래, 좋아요." 남자는 마침내 동의한다.

"동의할 테니 오세요." 그리고 남자는 린다를 위해 자동차 문을 연다.

"감사합니다. 아저씨는 정말 아주 친절하시군요.

그것이 제게 큰 도움이 됩니다.

아주 진심으로 감사합니다."

"별말씀을." 하고 조금 딱딱하게 대답한다. 그리고 차 시동을 켠다.

"나는 수리공, 기계기술자를 오게 해야 한다는 생각을 좋아하지 않아요." 린다가 말했다.

"나는 사실 자동차를 좋아하지 않아요. 아주 편리해서 갖고 있지만 좋아하진 않아요."

키 큰 젊은이는 말이 없다. '남자에게 무언가 말을 하도록 하기는 쉽지 않다.' 린다는 생각한다. 그 모험에 깊이 개입하는 것이 현명한지 궁금하고 조금 걱정스럽다. 남자가 말하기를 강하게 원하지만 동시에 남자를 화나게 하는 것도 무섭다. 행동할 아주 만족할 만한 방법을 발견하기는 절대 쉽지 않다.

"제가 말한다면 귀찮으신가요?" 린다가 물었다.

"아저씨는 아마도 과묵하신 거 같아요."

"나는 걱정이 있어요." 남자가 대답한다.

"저는 성가시게 하고 싶지 않아요. 아저씨가 저를 태워 주신 것만도 이미 그렇게 마음 착한데요. 아저씨께 큰 감사의 마음을 정말 느낍니다."

"별말씀을." 남자는 반복하고 또 말이 없이 생각에 빠지고 싶어 한다.

Ĉapitro 11   LINDA HAVAS IDEON

Linda ekhavis ideon. Ŝi aliris la junan blondan viron, dum li proksimiĝis al sia aŭto, kaj alparolis lin: "Sinjoro, ĉu vi bonvolus helpi al mi?"

Li turnis sin al ŝi, kun vizaĝo ŝajne ne tre kontenta, kaj ŝin rigardadis dum longa senvorta minuto.

"Kiel mi povus vin helpi?" li fine demandis, kaj li tuj aldonis: "Bonvolu pardoni min, se mi respondas nee, sed al mi tempo vere mankas. Mi devas urge veturi al la urbo."

"Ĝuste tiel vi povas min helpi. Mia aŭto paneas. Io estas fuŝita en ĝi. Mi ne sukcesas ĝin irigi..."

"Pardonu min, sed mi ne sukcesus rebonigi la aferon, eĉ kun plej granda bonvolo. Pri mekaniko mi scias nenion. Ĉiam mi miras vidi, ke veturiloj entute funkcias. Kiam mi vidas motoron, ĉiam mirigas min, ke tia ŝajne senorda aranĝo de pecoj kaj objektoj igas aŭton iri. Mi..."

***

"Mi ne petas vin ripari mian veturilon, vi min miskomprenis. Mi demandas nur, ĉu vi bonvolus akcepti min en via aŭto ĝis la urbo."

La ideo de Linda estis jena: sekvi lin estus dangere, sed se li veturos aŭte, mi petos lin akcepti, ke mi veturu kun li, kaj dum la veturado mi igos lin paroli. Mi diskrete faros ŝajne banalajn demandojn, kaj paroligos lin. Tiel mi scios kiel eble plej multe pri li.

"Nu, bone," li fine konsentas. "Konsentite, venu."

Kaj li malfermas la pordon de la aŭto por ŝi.

"Dankon! Vi vere estas tre afabla. Tio ege helpas min. Mi plej sincere dankas."

"Ne dankinde," li respondas, iom seke. Kaj li ekirigas la motoron.

***

"Mi ne ŝatas la ideon, ke mi devos venigi

ripariston, mekanikiston," ŝi diras. "Mi tute ne ŝatas aŭtojn, fakte. Mi havas veturilon, ĉar estas tre oportune, sed mi ne ŝatas aŭtojn."

La alta junulo nur silentas.

"Ne estas facile igi lin diri ion," pensas Linda, iom zorge, sin demandante, ĉu estis sage enmiksi sin en tiun aventuron. Ŝi forte deziras lin paroligi, sed samtempe timas malkontentigi lin. Neniam estas facile trovi plene kontentigan manieron agi.

"Ĉu ĝenas vin, se mi parolas?" Ŝi demandas, "vi eble estas silentema."

"Mi havas zorgojn," li respondas.

"Mi ne volas ĝeni vin. Estas jam tiel bonkore, ke vi veturigas min. Mi vere sentas grandan dankemon al vi."

"Ne dankinde," li ripetas, kaj silentas plu, pripensema.

12장. 봅이 매우 목마르다

봅은 절반 정도 눈을 뜨고 다시 감고 다시 눈을 뜨고 다시 감고 신음하다가 마침내 완전히 크게 눈을 떴다.

"뭔가 마실 것을 주라." 봅이 말한다.

"마실 것, 무엇을 마시고 싶니?" 톰이 물었다.

"무엇이든, 브랜디, 브랜디 한 잔 주라."

"어떠세요?" 간호사 마르타 양이 말한다.

"머리가 아파요." 봅이 신음하며 대답한다.

"제게 뭔가 먹을 것을 주기 바랍니다."

"가시겠어요?" 톰이 간호사에게 요청한다. 간호사는 조금 망설이더니 마침내 봅에게 브랜디 한 잔을 가져다 주려고 머리를 끄덕였다.

"내가 경찰을 부를까요?" 마르타가 말한다.

"학생은 정말 정신을 잃을 만큼 아주 강하게 맞았어요. 제 생각엔 경찰을 부르는 것이 맞습니다. 동의하지 않나요?"

"물도" 봅이 말한다.

톰이 마르타에게 대답하기도 전에.

"나는 매우 목이 말라요. 기쁘게 브랜디를 마실 겁니

다. 하지만 먼저 물을 마실래요. 내게 아주 커다란 물
한 잔과 조금 큰 브랜디 한 잔을 가져다주세요."
"예, 경찰을 부르는 것이 현명할 겁니다." 톰이 간호
사에게 대답한다.
"내게 뭔가 마실 것을 가져다주지 않는다면 나 스스로
갈게요." 봅이 말한다.
"나는 매우 목이 말라요. 내가 얼마나 목이 마른지 상
상할 수 없을 겁니다. 나는 곧 물을 마시러 갈게요.
그리고 나중에 브랜디를 사러 갈 겁니다. 자율식당에
서 브랜디를 살 수 있지요?"
"아니요. 전혀 살 수 없어요." 마르타가 대답한다.
"하지만 내 방에 브랜디를 가지고 있어요. 내가 그것
을 가지고 올게요. 그렇지 않고 가능하다면 직접 오세
요. 일어설 수 있나요?"
"할 수 있습니다."
아주 천천히 일어나면서 봅이 말한다.
아플지라도 톰과 간호사의 도움을 받으며.

그들은 간호사의 방으로 간다.
"원하는 만큼 물을 마셔요." 하고 간호사가 말한다.
"그리고 나중에 브랜디를 줄게요. 그 의자에 앉아요.
그것은 매우 편안해요. 그렇지요?" 조금 신음하면서
의자에 앉는다. 아주 기쁜 표정을 지으며 큰 물잔을
받는다.

"머리가 아파요." 봅이 말한다.

"말해!" 톰이 부탁한다.

"무슨 일이야? 이제 우리에게 설명해. 우리는 아주 궁금하거든." 봅은 조금 생각하면서 물을 살짝 마시고 얼굴에 고통의 표정을 하며 손으로 머리를 만지고 마침내 대답한다.

"설명할 수 없어. 분명한 것은 아무것도 없어. 나는 거기 게르다 씨 옆에 있었어. 아무것도 못 들었어. 어떤 소음도 듣지 못했어. 그리고 갑자기 모든 것이 내 머리에서 폭발하고 기절했어."

Ĉapitro 12   BOB EGE SOIFAS

Bob duone malfermas la okulojn, ilin refermas, ilin malfermetas denove, ilin refermas, ĝemas, kaj finfine malfermas ilin tute large.

"Donu al mi ion por trinki!" li diras.

"Trinki? Kion vi deziras trinki?" demandas Tom.

"Ion ajn. Brandon. Donu al mi glason da brando."

"Kiel vi sentas vin?" diras fraŭlino Marta, la flegistino.

"La kapo doloras," Bob respondas ĝeme. "Mi petas vin, bonvolu doni al mi ion por trinki." "

"Ĉu vi bonvolas iri," Tom petas la flegistinon, "kaj alporti al li glason da brando?"

La flegistino iom hezitas, sed fine kapjesas.

"Ĉu mi ankaŭ voku la policon?" ŝi diras. "Li ja ricevis baton, baton sufiĉe fortan, por ke li iĝu senkonscia. Laŭ mia opinio, tio pravigas, ke oni venigu la policon. Ĉu vi ne konsentas?"

***

"Ankaŭ akvon," diras Bob, antaŭ ol Tom trovas la tempon respondi al Marta. "Mi tre soifas. Mi trinkos brandon plezure, sed unue mi trinku akvon. Bonvolu alporti al mi tre grandan glason da akvo kaj iom grandan glason da brando.

"Jes. Estus saĝe voki la policon," Tom respondas al la flegistino.

"Se vi ne alportos al mi ion por trinki, mi iros mem," diras Bob. "Mi tre soifas. Vi ne povas imagi, kiom soifa mi min sentas. Mi tuj iros trinki akvon. Kaj poste mi iros aĉeti brandon. Ĉu oni povas ricevi brandon en la mem-serva restoracio?"

"Ne, tute ne," Marta respondas, "sed mi havas brandon en mia ĉambro. Mi alportos ĝin al vi. Aŭ venu mem, se vi povas. Ĉu vi povas stariĝi?"

"Mi povas," diras Bob, tre malrapide stariĝante kun la helpo de Tom kaj de la flegistino, "kvankam dolore".

***

Ili iras al ŝia ĉambro.

"Trinku tiom da akvo, kiom vi deziras," ŝi diras. "Kaj poste mi donos brandon al vi. Eksidu sur tiun seĝon, ĝi estas tre komforta, vi vidos."

Bob sidiĝas sur la seĝon, iom ĝemas, kaj ricevas grandan glason da akvo kun videble grandega plezuro. "Doloras al mi la kapo," li diras.

"Diru," petas Tom, "kio okazis. Ĉu finfine vi klarigos al ni? Ni estas ege scivolaj."

Bob pripensas iomete, trinkas iom da akvo, metas la manon al la kapo kun dolora esprimo survizaĝe, kaj fine respondas:

"Mi ne povus klarigi. Nenio estas klara. Mi estis tie apud Gerda. Mi aŭdis nenion, mi aŭdis neniun bruon. Kaj subite ĉio eksplodis en mia kapo kaj mi mortis."

13장. 친절한 여자 스파이

모두 조용히 있을 때 길은 무척 길게 느껴진다. 린다는 말을 하고 싶다. 게다가 신비한 동반자에 관해 정보를 얻어내기 원한다. 그리고 그런 긴 침묵을 전혀 좋아하지 않는다. 왜 다시 시도하려고 않는가? 린다는 다시 말을 시작하려고 결심했다. 남자가 좋아하지 않는다면, 그럼 싫어한다고 표현할 것이고, 더 말없이 운전할 것이고 길은 더 길게 보일 것이다.

"아저씨가 말했죠." 어떻게 끝낼지 알지도 못하면서 말을 시작했다. 그러나 다행스런 생각이 곧 나왔다.

"아저씨는 걱정이 있다고 말했죠. 그럼, 사람들이 걱정을 누군가에게 표현할 때 마음이 더 편안하게 느껴지거든요."

"아가씨는 호기심이 많아요, 그렇죠? 그래서 아가씨처럼 그렇게 예쁜 분에게 불친절하고 싶지 않아요. 더 정감있게 표현하지 못해서 미안해요. 하지만 내 걱정을 설명할 수 없어요."

"확실한가요? 사람들은 어떻게 시작할지 알지 못하기에 일이 불가능하다고 자주 상상해요. 하지만…."

"아니요. 나와 관련된 것은 그런 게 아니에요. 그것들이 사람들과 관련된 것이라 그것에 관해 내가 말할 권리가 없어서 내 걱정을 이야기할 수 없어요. 사람들은 신중해야죠, 그렇죠? 아가씨 친구가 아가씨에 관해 모든 것을 낯선 사람에게 이야기하면 좋겠어요?"
"물론 아니죠. 아저씨를 잘 이해해요. 사실 저는 특별한 호기심은 없어요. 침묵이 무겁고 길이 너무 멀어서 말하기 시작한 겁니다. 하지만 전혀 경거망동하고 싶지 않아요."

"사람들은 보통 같이 차를 타고 갈 때 서로 대화하는 것이 사실입니다. 그런 침묵을 계속 그냥 둘만큼 아가씨에게도 점점 무겁게 계속할 만큼 아주 무례하지는 않아요. 침묵이 있고 계속되는 것을 알아차리지도 않았어요. 나는 내 생각, 내 걱정, 또한 내 길에 깊이 빠져 있어요. 사람은 목이 마르면 길에 온 정신을 쏟아야 해요, 그렇죠? 아가씨가 매우 예쁘고 나랑 아주 가까이 바로 내 옆에 앉아있어도 이상하게 아가씨를 잊어버리네요. 오직 내 눈에는 길만 보이고 내 머리에는 걱정만 있어요."
"제게는 반대입니다. 저는 아저씨를 늘 생각해요. 아주 기쁘게 보이지 않음을 알아차렸어요. 불행하게 보여요. 제가 도와드릴 수 있을까 궁금해요. 아저씨는 정말 친절하게 저를 태워 주신다고 동의했지요. 저는 감사하다고 느껴요. 같은 도움을 아저씨께 돌려주고 싶어요. 아저씨가 슬픔을 말하도록 제가 도와준다면 그것은 아마 아저씨를 가볍게 해줄 거로 생각해요. 그리고 저도 도와준 행동으로 만족하고요. 아마 바보스럽죠. 하지만 저는 항상 사람들을 행복하게 해주고 싶어요."

"정말 아가씨는 매우 착하네요. 아가씨의 제안에 '예'라고 할 수 없어 아주 유감이에요. 하지만 이미 말한 것처럼 내 걱정은 말할 권리가 없는 그런 일에 관련되어 있어요. 이제 여기 도착했어요. 어디에 내려 주기를 원하나요?"

"정확히 어디로 가시는데요? 어디서 멈출 건가요? 어디에 차를 둘 건가요? 거기서 저를 내려 주세요. 그것이 가장 쉬운 일이니까요."

"항상 호기심이 있네요. 그렇죠? 내가 어디로 가는지 알고 싶은 거죠?" 남자가 웃으면서 말하자, 그같은 알아차림을 전혀 기대하지 않았기에 린다는 자신의 얼굴이 빨갛게 된다고 느낀다.

잠깐 어떻게 대답할지 알지 못했다. 린다는 자신이 바보 같다고 느꼈다.

"전혀 아니에요." 마침내 거짓으로 말한다. "아저씨가 어디로 가든 그것은 전혀 제게 관심이 없어요. 그것이 가장 쉽게 보여서 그것을 제안한 것뿐입니다. 그러나

제가 아는 것이 성가시다면 도심지 어디에든 내려 주
실 수 있어요. 예를 들어 국제호텔 옆에, 아니면 대극
장 옆에. 어쨌든 지는 아주 많이 감사드립니다. 쉽게
제 길을 찾아요. 이제 여기가 정확해요. 진심으로 감
사드려요. 안녕히 가세요. 친절한 아저씨.”

“안녕히 가세요, 친절한 여자 스파이.” 자동차는 출발
했고 린다는 거기서 눈을 돌릴 수 없었다.

‘친절한 여자 스파이. 정말로! 남자는 무엇을 말하고
싶었을까? 의심했을까?’ 우리의 불쌍한 린다는 무슨
생각을 할지 알지 못했다.

Ĉapitro 13 KARA SPIONINO!

La vojo ŝajnas longa, kiam oni silentas la tutan tempon. Linda estas parolema. Krome, ŝi deziras ricevi informojn pri sia stranga kunulo. Ŝi do tute ne ŝatas tiun longan silentadon. Kial ne provi denove? Ŝi decidas, ke ŝi rekomencos paroli. Se li ne ŝatos, nu, li esprimos sian malŝaton, kaj ili plu veturos senvorte, kaj la vojo plu ŝajnos longega.

"Vi diris...," ŝi komencas, ne sciante, kiel ŝi finos, sed feliĉe ideo tuj venas: "Vi diris, ke vi havas zorgojn. Nu, ofte oni sentas sin pli bone, kiam oni esprimas siajn zorgojn al iu."

"Vi estas scivolema, ĉu ne? Nu, mi ne volas esti malafabla kun tiel bela knabino, kiel vi. Pardonu, se mi ne montras min pli amikiĝema. Sed miajn zorgojn mi ne povas klarigi."

"Ĉu vi estas certa? Oni ofte imagas, ke afero estas neebla, ĉar oni ne scias, kiel komenci, sed

..."

"Ne. Kiom koncernas min, ne estas tiel. Mi ne povas rakonti pri miaj zorgoj, ĉar ili koncernas personojn, pri kiuj mi ne rajtas paroli. Oni devas esti diskreta, ĉu ne? Ĉu vi ŝatus, ke viaj amikoj rakontu ĉion pri vi al nekonato?"

"Kompreneble ne. Mi bone komprenas vin. Fakte, mi ne estas speciale scivola. Mi komencis diri tion nur, ĉar mi trovis la silenton peza kaj la vojon pli kaj pli longa. Sed mi tute ne volus maldiskreti."

***

"Estas fakto, ke oni kutime interparolas, kiam oni veturas kune. Mi verŝajne ne estis tre ĝentila, lasante tiun silenton daŭri kaj daŭri pli kaj pli peze por vi. Mi eĉ ne rimarkis, ke silento estiĝas kaj daŭras. Mi estis absorbita de miaj pensoj, de miaj zorgoj, kaj ankaŭ de la vojo. Oni devas atenti la vojon, kiam oni ŝoforas, ĉu ne? Strange, kvankam vi estas tre bela kaj sidas tuj apud mi, plej proksime al mi, mi tamen forgesis pri vi. Nur ekzistis por mi la

vojo en miaj okuloj, kaj la zorgoj en mia kapo."
"Ĉe mi okazis la malo. Mi daŭre pensis pri vi.
Mi rimarkis, ke vi ne aspektas tre ĝoje. Vi
ŝajnis malfelica. Mi min demandis, ĉu mi povus
helpi. Vi ja tre afable konsentis min veturigi. Mi
sentas min danka. Mi volus redoni al vi similan
servon. Mi opiniis, ke se mi helpas vin vortigi
vian malĝojon, tio eble senpezigos vin, kaj mi
estos kontenta agi helpe. Eble estas stulte, sed
mi ĉiam deziras feliĉigi la homojn."
"Vere, vi estas tre bonkora. Mi ege bedaŭras, ke
mi ne povas jesi al via propono. Sed, kiel mi
jam diris, miaj zorgoj koncernas aferojn, pri
kiuj mi ne rajtas rakonti. Nu, jen ni alvenas.
Kie vi deziras, ke mi lasu vin?"
"Kien precize vi iras? Kie vi haltos? Kie vi lasos
la aŭton? Vi povus lasi min tie. Estos plej facile
por vi."

***

"Ĉiam scivola, ĉu ne? Vi ŝatus scii, kien mi
iras," li diras ridante, dum Linda sentas sin
ruĝiĝi, ĉar similan rimarkon ŝi tute ne atendis.

Dum momento ŝi ne scias, kiel respondi. Ŝi sentas sin stulta.

"Tute ne," ŝi fine diras, malvere. "Kien vi iras, tio tute ne interesas min. Mi proponis tion nur, ĉar tio ŝajnis plej facila. Sed se ĝenas vin, ke mi scios, vi povas lasi min ie ajn en la centro. Ekzemple ĉe la Internacia Hotelo, aŭ ĉe la Granda Teatro. Ĉiaokaze, mi treege dankas vin kaj mi facile trovos mian vojon. Jen. Tie ĉi estas perfekte. Koran dankon, kaj ĝis revido, kara sinjoro."

"Ĝis revido, kara spionino!"

La aŭto forveturas, kaj Linda ne povas forturni la okulojn de ĝi. Kara spionino, vere! Kion li volis diri? Ĉu li suspektus...? Nia kompatinda Linda ne scias, kion pensi.

14장. 버려진 집에서

'도대체 내가 어디에 있지?' 게르다는 깨어났을 때 혼잣말했다. 혼자 침대 위에 누워 있다. 불편하고 너무 작은 침대, 낯선 방, 낯선 집에. 게르다는 힘이 없고 온몸은 조금 고통스럽다. 피곤했다. 마치 농장에서 계속해서 여러 시간 일한 것처럼, 마치 무거운 바위와 돌을 아주 많은 날 동안 1시간도 자지 않고 운반한 것처럼, 마치 여러 주간 어려운 산길을 걸어간 것처럼. 한마디로 너무 피곤하다. 몸의 모든 근육이 비인간적으로 무겁고, 비인간적으로 어렵고, 비인간적으로 피곤한, 너무 심한 소동 때문에 불평하는 것처럼 보인다. 하지만 어떤 육체노동을 한 적이 없음을 알고 있다. 슬픔을 느꼈다. 눈동자는 축축했다. 울었다. 방에는 빛도 밝지 않다. 그렇게 피곤하고 그렇게 힘이 없다고 느꼈어도 숨고자 하는 바람보다 상황에 대한 호기심이 더 컸다. 눈물을 닦고 침대에서 일어났다. 빛이 들어오는 것을 차단하는, 창의 두꺼운 커튼을 열기 원해서 작은 창으로 갔다. 또한 해를 보기 바랐다. 게다가 방이 너무 더워서 조금 신선한 바람이 들어오도록 창을 내는 것이 현명할 것이다. 하지만 성공하지 못했다. 그 오래된 창이 움직이지 못하도록 무언가가 커튼을 막고 있다.

게르다는 문으로 갔다. 그것은 잠겨있고 열쇠는 어디에도 보이지 않았다. 방은 누추했지만 그렇게 더럽지는 않다. 벽 근처에 탁자와 의자가 있다. 의자에 앉아서 탁자 위에 팔을 놓고 머리를 손으로 감싸며 울었다. '나는 갇혀 있구나.' 하고 생각했다. '사람들이 나를 가뒀어. 전에는 자유로움의 기쁨에 관해 많이 생각하지 않았어. 자유란 무언가 완벽히 자연스러운 것이야.' 원하는 어디든 어떠한 방해 없이 갔다. 그리고 그 자유가 분명한 권리라고 여겼다. 지금 사람들이 문을 잠가 게르다를 가두었다. 그만큼 기뻐하고 웃고 노래하길 좋아했고, 그만큼 놀고 해 아래서 선택하길 좋아했는데 이제 삶의 어려운 시간에 그만큼 자신을 자주 도왔던 유머 감각을 더는 찾지 못한다. 바깥 해도 볼 수 없고 마찬가지로 마음속에서도 평소 기쁨의 해가 더는 비추지 않는다. 갑자기 게르다는 반응했다. 문으로 가서 아주 큰 힘으로 그것을 쳤다. 깜짝 놀라도록 소음을 냈지만 무슨 일도 일어나지 않았다. 점점 더 크게 부르고 소리치고, 동시에 발로 문을 차면서 크게 외쳤다. 하지만 어떤 대답도 어떤 반응도 나오지 않았다. 절망하여 침대로 돌아와 다시 누우니 어느 때

보다 더 피곤했다. 여러 시간 그렇게 누워서 지내고 마침내 너무 피곤해 잠이 들었다. 아이 목소리가 게르다를 깨웠다. 같은 건물의 다른 어느 방에서 아주 분명하게 들려왔다. 그것은 말했다.

"우리가 버려진 집에 왔다고 아버지에게도, 어머니에게도 절대 말하지 마. 여기서 노는 것은 허락되지 않아. 부모님이 안다면" 다른 목소리가 작게 대답했다. "나는 절대 말하지 않을 거야. 아버지에게도, 어머니에게도. 걱정하지 마. 우리가 여기 놀러 온 것을 결코 그 누구도 몰라."

게르다가 말했다. "아이들아, 내 소리가 들리니?" 게르다의 심장은 희망으로 뛰었다. 누군가 말했다. 아이 하나가 소리를 냈다. 그러나 남자아이는 게르다에게 들을 수 있게 말하지 않고 오직 같이 있는 아이한테 말했다.

"너는 들었니?"

"마치 여자 목소리 같아." 다른 아이가 말했다.

"아이들아, 이리 와. 나를 도와줘. 나는 갇혀있어. 사람들이 문을 잠갔어. 나는 문 안에 잠겨 있어. 이리 와. 부탁해. 간절히 부탁하니 나를 풀어줘."

게르다는 더 간청했다. 그러나 어린이들의 반응은 아주 소심했다.

"어서 와!" 한 명이 외쳤다.

"유령이야!"

"네가 맞아." 다른 아이가 대답했다.

"사람들이 이 버려진 집에 귀신이 있다고 늘 이야기했어. 여자 귀신이야. 사람들이 그 목소리를 여자라고 말했어. 우리 빨리 달아나자."

"나는 무서워." 여전히 첫 번째 아이가 말했다.

두 남자아이가 도망가고, 자신을 휑하니 혼자 그냥 두고 간 것을 게르다는 아무 소리가 없어 알았다.

Ĉapitro 14   EN FORLASITA DOMO

"Kie diable mi troviĝas?" diris al si Gerda, kiam ŝi vekiĝis. Ŝi kuŝis sur lito – sur malkomforta, tro mallarĝa lito – en ĉambro nekonata, en domo nekonata.

Mankis al ŝi forto, kaj ŝia tuta korpo iom doloris. Ŝi estis laca, kvazaŭ ŝi estus laborinta multajn horojn sin-sekve en la kampoj, kvazaŭ ŝi estus movinta pezajn rokojn kaj ŝtonojn dum multaj kaj multaj tagoj, sen eĉ horo da dormo, kvazaŭ ŝi estus marŝinta dum multaj kaj multaj semajnoj sur malfacila monta vojeto. Unuvorte, ŝi estis lacega, kaj ŝajnis al ŝi, ke ĉiuj muskoloj de sia korpo plendas pri troa laboro, nehome peza, nehome malfacila, nehome laciga.

Kaj tamen ŝi sciis, ke ŝi faris neniun korpan laboron. Ŝi sentis sin malĝoja. Ŝiaj okuloj malsekiĝis. Ŝi ploris.

Ne estis multe da lumo en la ĉambro. Kvankam

ŝi sentis sin tiel laca, tiel senforta, scivolo pri la situacio tamen superis ŝian deziron plu kuŝi. Ŝi sekigis siajn okulojn kaj ellitigis. Ŝi iris al la eta fenestro, esperante malfermi la dikajn fenestro-kovrilojn, kiuj malhelpis la envenon de lumo. Ŝi ankaŭ esperis, ke ŝi vidos la sunon. Krome, estis tre varme en la ĉambro, kaj estus saĝe malfermi la fenestron por enlasi iom da pura aero. Sed ŝi ne sukcesis. Io malhelpis, ke tiu malnova fenestro moviĝu.

***

Ŝi iris al la pordo. Ĝi estis ŝlosita, kaj ŝlosilo nenie videblis.

La ĉambro estis malbela, ne tre pura. Apud la muro staris tablo kaj seĝo. Ŝi sidiĝis sur la seĝon, metis la brakojn sur la tablon, la kapon en la manojn, kaj ploris. "Enŝlosita mi estas," ŝi pensis. "Oni enŝlosis min!"

Antaŭe ŝi ne multe pensis pri la plezuro esti libera. Liberi estis io perfekte natura. Ŝi iris, kien ŝi deziris, sen iu ajn malhelpo, kaj tiu libereco ŝajnis evidenta rajto. Kaj nun oni malliberigis ŝin malantaŭ ŝlosita pordo. Ŝi, kiu tiom ŝatis ĝoji, ridi, kanti, kiu tiom ŝatis ludi kaj promeni sub la suno, nun ne plu trovis en si la humuron, kiu tiom ofte helpis ŝin en la malfacilaj horoj de la vivo. Ŝi ne povis vidi la eksteran sunon, kaj same en ŝia koro ne plu lumis la kutima suno de ĝojo.

Kaj jen subite ŝi reagis. Ŝi iris al la pordo kaj ĝin batis kun plej granda forto. Ŝi faris timigan bruon, sed nenio okazis. Ŝi vokis pli kaj pli laŭte, kriis, kriegis, samtempe pied-batante la pordon, sed venis neniu respondo, neniu reago. Senespera, ŝi revenis al la lito kaj rekuŝiĝis, pli laca ol iam ajn. Dum multaj horoj ŝi restis tiel, kuŝe, kaj fine, tro laca, ŝi ekdormis.

* * *

Vekis ŝin infana voĉo. Ĝi venis el iu alia ĉambro, en la sama domo, tute certe. Ĝi diris: "Neniam diru nek al via patro, nek al via patrino, ke ni venis en la forlasitan domon. Estas malpermesite ludi ĉi tie. Se ili scius..." Alia voĉeto respondis: "Mi neniam diros. Nek al

- 87 -

mia patro, nek al mia patrino. Ne havu zorgojn. Neniam oni scios, ke ni venis ludi ĉi tie.”

Gerda diris: “Infanoj, ĉu vi aŭdas min?" Ŝia koro batis espere.

"Iu parolis," sonis unu el la infan-voĉoj, sed aŭdeble la knabo ne parolis al Gerda, nur al sia kunulo. "Ĉu vi aŭdis?"

"Estis kvazaŭ voĉo de virino," diris la alia.

"Infanoj, venu, helpu min, mi estas mallibera, oni ŝlosis la pordon, mi estas enŝlosita, venu, mi petas, mi petegas, liberigu min!" Gerda plu petegis. Sed la reago de la infanoj estis plej senkuraĝiga.

“Venu!” kriis unu. “Estas fantomo!”

“Vi pravas,” la dua respondis, “oni ĉiam rakontis pri fantomo en ĉi tiu forlasita domo. Fantomino, oni diris, kaj la voĉo estis ina. Ni rapide forkuru!”

"Mi timas," ankoraŭ diris la unua, dum la bruoj klarigis al Gerda, ke la du knaboj forkuras kaj lasas ŝin sola, sola, sola... "

15장. 정확한 보고

톰: 안녕. 정말 예쁜데! 잘 잤니?

린다: 안녕. 톰. 아주 많이 자지는 못 했어. 그리고 너는? 만족할 만큼 잤니?

톰: 완벽하게. 린다, 완벽히. 하지만 가장 믿을 만한 친구한테 말해. 왜 충분히 잠을 못 잤는지.

린다: 네게는 분명하지 않니? 나는 많이 생각했어. 어제 일어난 일을 밤새도록 계속 생각했어.

톰: 어제 게르다와 관련해 일하느라 봅과 함께 나간 뒤 너를 다시 보지 못한 것은 사실이야. 우리가 너를 금발의 남자를 살피라는 과제와 함께 자율 식당에 두었지. 내가 돌아올 때 너는 없었어. 어디 갔었니? 내게 정확히 보고할 거니?

린다: 기꺼이. 하지만 나중에 너도 내게 보고할 거지, 그렇지? 그때 나는 그 남자와 함께 도심으로 차를 타고 갔어. 내 차 어딘가가 고장 났다고 그 남자에게 말했지. 그래서 나를 태워 주라고 부탁했어. 주저하더니 마침내 '예'라고 결심했어. 가능하면 많이 남자에 관해 알려고

남자가 말하기를 바랐지만 실패했어. 우리는 서로 아주 사소한 일에 관해서만 말했어.

톰: 너는 적어도 남자가 도시에서 그 길을 따라 어디로 갔는지 어느 건물로 갔는지 알고 있니?

린다: 기다려. 모든 것을 이야기할게. 나의 요청이 자연스럽게 보이도록 나를 도심에 내려 달라고 부탁했어. 나를 대극장 오른편에 내려 주고 남자는 더 갔어. 무엇을 할지 몰라 도시에서 산책했지. 내 계획이 썩 좋지 않다고 생각하면서. 남자에 관해 아무것도 알지 못하고 도시 한복판에 차도 없이 있었어. 사실 내가 조금 바보같이 느꼈어. 거리 이리저리 산책했지. 계획을 생각해 내려고 하면서. 그러다 갑자기 남자가 우체국에서 나오는 것을 봤어. 믿을 수 없을 정도로 운이 좋았어. 생각해 봐. 남자가 우체국에서 나왔을 바로 그때. 남자와 눈앞에서 마주쳤다면. 하지만 나는 몸을 숨길만큼 충분히 일찍 남자를 보았지!

톰: 다행이다. 네가 충분히 일찍 그 남자를 봐서.

린다: 내가 말한 것처럼 나는 운이 좋아. 남자를 적당한 시간에 봤지. 남자는 걸어서 갔어. 그래서 뒤따르기로 마음먹었지. 40가지 다른 빵과 모든 종류의 초콜릿과 여러 과자를 파는 그

대형 백화점을 알지? 주요 스포츠센터로 가는 도로 왼편에 있는. 근처에 가구 대형 판매점이 있고. 참 네가 알고 모르고 그건 중요하지 않아. 남자는 그 빵집이나 그 과자가게. 아니면 그 빵 과자가게에 들어가서 얼마 뒤 가득 차게 보이는 빵 가방을 들고 나왔어. 모두 백화점에서 산 것 같아. 그곳에서는 좋은 물건을 판다고 말해야만 해. 초콜릿과 과자를 아주 좋아하는 나는, 뚱뚱해지는 것을 두려워하지 않는다면, 자주 거기 가서 많이 살 텐데. 참! 내가 무슨 이야기를 했지?

톰: 너는 스파이같이 뒤따른 것을 보고했지. 하지만 길에서 벗어나 초콜릿에 관한 네 생각으로 보고가 흘러갔지. 사실 조금 더 많은 빵을 원하니? 오늘 아침에 무엇을 마셨니? 차지? 내가 봤어. 네 차에 더 채워 주길 원하니?

린다: 그래, 고마워. 기쁘게 차를 더 마실게. 고마워. 톰 그러면.

Ĉapitro 15   PRECIZA RAPORTO

Tom: Bonan matenon, ho plej bela! Ĉu vi bone
dormis?

Linda: Bonan matenon, Tom. Mi ne dormis tre
multe. Kaj vi? Ĉu vi dormis kontentige?

Tom: Perfekte, kara, perfekte. Sed diru do al
via plej fidinda amiko, kial vi ne sufiĉe
dormis.

Linda: Ĉu ne estas klare al vi? Mi tro pensis.
Mi pensadis dum la tuta nokto pri ĉio,
kio okazis hieraŭ.

Tom: Estas fakto, ke mi ne revidis vin hieraŭ,
post kiam mi eliris kun Bob por okupiĝi
pri Gerda. Ni lasis vin en la memserva
restoracio kun la tasko observi la
blondulon. Kiam mi revenis, vi estis for.
Kien vi iris? Ĉu vi faros al mi precizan
raporton?

Linda: Kun plezuro, sed ankaŭ vi raportos al

mi poste, ĉu ne? Nu, mi veturis al la urbocentro kun tiu junulo. Mi rakontis al li, ke io fuŝa okazis al mia aŭto, kaj mi petis lin min veturigi. Li hezitis, sed fine decidis jese. Mi deziris lin paroligi, por ekscii pri li kiel eble plej multe, sed mi ne sukcesis. Ni diris unu al la alia nur tre banalajn aferojn.

* * *

Tom: Ĉu vi almenaŭ scias, kien li iris en la urbo, laŭ kiuj stratoj, al kiu domo?

Linda: Atendu. Mi rakontos ĉion. Por ke mia peto ŝajnu natura, mi petis lin lasi min en la centro. Li lasis min ĉe la dekstra flanko de la Granda Teatro, kaj li veturis plu. Mi ne sciis, kion fari. Mi promenis en la urbo, pensante, ke mia ideo ne estis tiel bona: mi eksciis nenion pri li, kaj troviĝis sen aŭto en la mezo de la urbo. Fakte, mi sentis min iom stulta. Mi promenis de strato al strato, provante elpensi planon, kaj jen

subite mi vidas lin eliri el la poŝtoficejo.
Mi estis ne-kredeble bonŝanca. Imagu! Se
mi estus troviĝinta nazon-al-nazo kun
liĝuste kiam li eliris el la poŝtoficejo...!
Sed mi vidis lin sufiĉe frue por min kaŝi.

Tom: Feliĉe, ke vi vidis lin sufiĉe frue!

Linda: Kiel mi diris, mi estis bonŝanca, mi
vidis lin ĝustatempe. Nu, li iris piede,
kaj mi decidis lin sekvi. Ĉu vi konas
tiun grandan magazenon, kiu vendas
kvardek malsamajn specojn de pano kaj
ĉiaspecajn ĉokoladojn kaj aliajn
dolĉaĵojn? Sur la maldekstra flanko de
la strato, kiu iras al la Ĉefa
Sportocentro. Estas granda vendejo de
mebloj apude. Nu, ne gravas, ĉu vi
konas aŭ ne. Li eniris tiun panejon, aŭ
tiun dolĉaĵ-vendejon, aŭ tiun... nu...
tiun pan-kaj dolĉaĵ-vendejon, kaj eliris
post minuto portante paperan sakon,
kiu aspektis plenplena. Ŝajnis, ke li
aĉetis la tutan magazenon. Mi devas
diri, ke ili vendas tre bonajn aĵojn en
tiu ejo. Mi, kiu tiom ŝatas ĉokoladon

kaj dolĉaĵojn, ofte irus tien kaj aĉetus multon, se mi ne timus dikiĝi. Nu... e... kion mi rakontis?

Tom: Vi raportis pri via spiona sekvado, sed vi devojiĝis de la ĉefa vojo de via raporto al flankaj konsideroj pri pano kaj ĉokolado. Fakte, ĉu vi deziras iom pli da pano? Kion vi trinkas ĉi-matene? Teon, mi vidas. Ĉu vi ŝatus, ke mi replenigu vian tason?

Linda: Jes, dankon. Mi trinkos plezure plian tason da teo. Dankon, Tom, kara. Nu, do...

16장. 네가 말한 금발의 남자가 아닌 듯하다

린다: 내 보고를 어디까지 했니? 아, 맞아. 기억난다. 남자가 과자가 가득 차게 보이는 종이 가방을 들고 그 가게에서 나왔어.

톰: 아마 주로 빵이겠지.

린다: 맞아. 아마도 빵. 어쨌든 도로 한 쪽에 서 있는 차를 보았어. 생각했지. 지금 남자가 차로 출발하면 나는 더 뒤따르지 못하겠지. 하지만 아냐. 남자는 그 가방을 들고 차로 걸어 가서, 그 안에 그것을 두고 차 문을 잠그고 계속 걸어갔어. 마침 그때 남자의 차 번호를 적자는 생각이 났어. 그리고 계속 뒤따랐지. 남자는 거리 오른쪽으로 지나갔어. 그리고 나는 왼쪽에서 조금 멀리 떨어져 뒤따라갔지.

톰: 네가 따른다는 것을 그 남자가 알아차렸니?

린다: 분명히 아니야. 갑자기 남자는 식당에 들어갔어. 나는 망설였지. 들어갈까? 나를 보고 알아보면 너무 위험하겠지? 한편으로 염탐하고 싶었어. 다른 편에는 나를 알아본다는 위험성이

사실이라 귀찮았어. 거기서 망설이며 서 있는 동안 군인들 아마 여덟이나 아홉의 군 복무 중으로 보이는 젊은이가 식당으로 들어갔어. 그들이 들어가고 문이 열리는 동안 식당이 크고 손님이 가득 찬 것을 봤어. 8명이나 9명 군인을 뒤따라가서 금발의 남자가 방금 앉은 데서 아주 조금도 보이지 않는 곳에 자리를 찾았지.

톰: 그 남자가 너의 금발의 남자니?

린다: 바보같이 말하지 마. 내가 무엇을 말하려는지 정확히 알잖아. 이상한 음악과 이상한 옷들이 있는 터키식 아니면 터키식 비슷한 식당이야. 종업원은 이른바 여러 색의 민속 옷을 입었어. 난 아주 맛있는 국에다 나중에 개나 고양이 조각인지 아직도 궁금한 뭔가를 먹었어. 분명히 어린 닭은 아니야. 그것 말고는 어떤 것도 분명하지 않아. 샐러드도 너무 맛있지만, 과자가 너무나 달콤해. 너무 달달해. 마찬가지로 터키 커피도. 믿을 수 없을 정도로 설탕이 가득해. 커피를 마신만큼 커피 가루를 그만큼 먹었어.

톰: 너의 스파이 보고서에 음식과 마시는 것에 관한 생각이 중요함에 놀랐어. 모험을 기다렸지만 주로 음식 종류가 나오네.

린다: 비웃지 마. 아니면 이야기를 계속 안 할 거야.

무슨 일이 있었어. 종업원이 맥주를 가져다주고 싶지 않아 군인 중 두 명이 화가 났어.

그들이 큰 소리를 내고 크게 소리치고 나쁜 소리도 했어. 다른 동료들이 그들을 조용히 시키려고 했지. 그리고 마침내 그들 사이에 어떤 전쟁이 시작됐지. 서로 세게 때렸지. 갑자기 접시가 하나 공중으로 날아가더니 나중에 두 개, 세 개, 네 개, 다섯 개가 날고 찻잔 한 개는 천정까지 날아갔어.

톰: 얼마나 기쁜지. 얼마나 재밌고 정말 완벽한 친구들을 봤네.

린다: 주로 어떤 소음이냐. 백 명의 남자가 함께 욕을 하는 동안 동시에 천 개의 잔이 부서지는 것처럼 보였어. 그리고 열 명의 음악가가 접시 전쟁의 소음을 능가하려고 함께 애썼지.

톰: 정말 멋진 분위기네. 그렇지? 축하해. 용감하게 거기 남아 있어서.

린다: 그래. 어떤 인생이니. 달리 말하면 내가 용감해. 결코, 알아차리지 못했지?

톰: 너를 충분히 알지 못해. 하지만 너의 용기가 나를 놀라게 하지는 않아. 예쁘고 용감하고 위험을 감수하고 모험을 좋아하고 마음씨 착한 너는 완벽한 여자야. 하지만 너의 완벽함에 관해 우리는

말할 다른 기회가 있어. 접시, 잔, 터키식 커피의 전쟁 뒤에는 무슨 일이 있었니?

린다: 나는 매우 유감스러운 일을 알아차렸어. 즉 금발의 남자가 식당에 더는 없었어. 내가 군인들 사이 전쟁에 그만큼 흥미를 느끼는 동안 남자는 분명 나갔어. 나의 관찰력 결여가 정말 유감스러워. 하지만 어쩌겠니? 후회는 소용없어. 나는 내 일을 망쳤어. 다음번에는 그렇게 망치지 않을 거야.

톰: 그래. 맞아. 정말 유감스러운 일이야. 네가 아주 완벽하지는 않다는 것을 보여주기 때문에. 그래도 나는 한 가지 일로 적어도 기뻐. 사실 너의 금발의 남자에게 그만큼 흥미가 없어서. 그래. 아마 네가 옳아. 남자는 너의 금발의 남자가 아닐 거야. 아마 너는 사랑스러운 갈색 머리 친구 톰을 더 좋아하니까.

린다: 아마도. 아마. 하지만 전에 남자에 관해 가장 많은 정보를 얻으리라고 결심했는데 그 금발의 남자에게서 내가 눈을 왜 돌렸는지 정말로 너는 아니?

톰: 그래. 정말?

린다: 그 젊은 군인 중 하나가 그렇게 멋진 남자였으니까.

Ĉapitro 16   EBLE LI NE ESTAS VIA BLONDULO

Linda: Kie mi estis en mia raporto? Ha, jes! Mi
memoras. Li eliris el tiu vendejo kun
papera sako ŝajne plena je dolĉaĵoj.
Tom: Eble estis ĉefe pano.
Linda: Prave, eble pano. Ĉiaokaze, jen mi
ekvidis lian aŭton, kiu staris flanke de
la strato. Mi pensis: nun li forveturos
aŭte, kaj mi ne plu povos sekvi lin.
Sed ne. Li nur iris porti tiun sakon al
la aŭto, ĝin metis en ĝin, reŝlosis la
aŭto-pordon, kaj plu piediris. Nur
tiam mi havis la ideon noti la
numeron de lia aŭta numer-plato. Mi
do eksekvis lin plu. Li paŝis sur la
dekstra flanko de la strato, kaj mi
sekvis iom malproksime sur la
maldekstra flanko.
Tom: Ĉu li rimarkis, ke vi lin sekvas?

Linda: Certe ne. Subite, li eniris restoracion. Mi hezitis. Ĉu ankaŭ mi eniru? Aŭ ĉu mi tro riskos, ke li vidos kaj rekonos min? Unuflanke, mi deziris spioni lin. Aliflanke, la risko, ke li rekonos min, estis reala, kaj min ĝenis. Dum mi staris tie hezitante, eniris la restoracion grupo da soldatoj, eble ok aŭ naŭ, junaj viroj, kiuj milit-servis, videble. Dum ili eniris kaj la pordo estis malfermita, mi vidis, ke la restoracio estas granda kaj plena je homoj. Mi sekvis la ok aŭ naŭ soldatojn kaj trovis sidlokon ne tre videblan de la loko, kie mia blondulo ĵus eksidis.

* * *

Tom: Li do estas via blondulo, ĉu?
Linda: Ne parolu malsaĝe. Vi perfekte scias, kion mi volas diri. Estis turka aŭ pseŭdo-turka restoracio, kun stranga muziko kaj strangaj vestaĵoj. La

kelneroj estis vestitaj per t.n. (= tiel nomataj) naciaj vestoj multkoloraj. Mi manĝis bonegan supon, sed poste ion, pri kio mi ankoraŭ nun min demandas, ĉu estis pecoj el hundo aŭ kato. Certe ne estis kokidajo, sed krom tio mi havas neniun certecon. Ankaŭ la salato estis tre bona, sed la kuko estis treege dolĉa, tro dolĉa por mi, kaj same la turka kafo. Ĝi estis nekredeble plena je sukero, kaj mi manĝis tiom da kafpulvoro, kiom mi trinkis da kafo.

Tom: Mi miras pri la grava loko, kiun konsideroj pri manĝo kaj trinko okupas en via spionraporto. Mi atendis aventurojn, sed venas ĉefe menuoj.

Linda: Ne ridu pri mi, aŭ mi ne daŭrigos la rakonton. Okazis io. Du el la soldatoj estis furiozaj, ĉar la kelnero ne volis porti al ili bieron. Ili faris bruegon, kriegis, kriaĉis, la aliaj provis ilin silentigi, kaj finfine speco de milito komenciĝis inter ili. Ili ekbatis unu la alian kun rimarkinda forto. Subite, jen unu telero flugis tra la aero, poste du, tri, kvar, kvin aliaj teleroj, unu taso eĉ flugis ĝis la plafono...

***

Tom: Kia ĝojo! Kia plezuro! Kiajn perfektajn amikojn vi trovis!

Linda: Ĉefe, kia bruo! Ŝajnis, ke ili rompas mil glasojn samtempe, dum cent viroj kune kriacas, kaj dek muzikistoj provas kune superi la bruon de la telera milito.

Tom: Tre bela atmosfero, ĉu ne? Mi gratulas vin. Estis kuraĝe resti tie.

Linda: Jes. Kia vivo! Cetere, mi estas kuraĝa, ĉu vi neniam rimarkis?

Tom: Mi ne konas vin sufiĉe, sed via kuraĝo ne mirigas min. Bela, kuraĝa, riskema, aventurema, bonkora: vi estas la perfekta virino. Sed pri via perfekteco ni havos aliajn okazojn paroli. Kio okazis post la telera, glasa kaj turka-kafa milito?

Linda: Mi rimarkis tre bedaŭrindan aferon,

nome, ke la blondulo ne plu troviĝas en la restoracio. Li certe foriris, dum mi tiom interesiĝis pri la inter-soldata milito. Mi vere bedaŭras mian mankon de observemo. Sed kion fari? Bedaŭri ne helpas. Mi fuŝis mian taskon. Mi provos ne fuŝi ĝin alian fojon.

Tom: Nu, prave, estas tre bedaŭrinda afero. Eĉ se nur ĉar ĝi montras, ke vi tamen ne estas plene perfekta. Sed mi almenaŭ ĝojas pri unu afero: vi fakte ne tiom interesiĝis pri via blondulo. Do eble vi pravas, eble li ne estas via blondulo, eble vi tamen preferas vian karan brun-haran amikon Tom.

Linda: Eble, eble. Sed ĉu vi vere scias, kial mi forturnis miajn okulojn de tiu blondulo, kvankam mi antaŭe decidis plej multe informiĝi pri li?

Tom: Nu, verŝajne ĉar...

Linda: Ĉar unu el tiuj junaj soldatoj estis tiel bela viro!

17장. 내가 문제를 풀게요

"그러나 왜, 왜, 왜?" 경찰관은 거의 소리치듯 가장 도움을 주는 동역자인 부인에게 말했다.

"내게 이유를 말해봐요. 그럼 내가 문제를 풀게요. 사람들은 모험을 경험하는 단순한 즐거움을 위해 사람을 잡지는 않아요. 여자가 부자도 아니라 돈을 받을 희망으로 잡은 것도 아니예요. 여자는 항상 평안하고 정직한 삶을 살았어요. 그럼 그들이 여자를 잡은 것은 여자가 어떤 범죄행위에 가담한 때문이 아니예요. 그럼 무엇 때문일까요? 무엇 때문에? 여자가 가르친다고 당신은 내게 말했지요. 무엇을 가르치지요? 전공은 무엇인가요?"

"여자는 역사를 가르쳐. 하지만 17, 18세기 비밀언어의 전문가야."

"정말 그것 때문에 실종됐네요. 그러나 우리 상상만을 사용해서 동기를 찾을 수는 없어요. 우리는 사실을 우선 사용해서 사건을 순서대로 다시 구성하고 그것들을 함께 두고 봐요. 일이 어떻게 시작되었지요?"

"우리는 많이 알지 못해. 나는 이렇게 보고했지. 톰과 린다라는 대학생 두 명이 금발의 키 큰 남자가 게르다의 찻잔에 무언가 넣는 것을 알아차린 거야. 그들은 기의 숨기고 비밀스러운 행동 때문에 알아차렸어. 조금 뒤에 게르다는 복도 문을 통해 자율식당을 나갔어. 곧이어서 누가 쓰러지는 소리가 들렸어. 그 사이 톰과 린다에게 합류한 봅이 톰과 함께 나갔어. 그들은 복도에서 게르다를 보았어. 정신을 잃고 누워 있었어. 봅이 젊은 여교수를 지키는 동안 톰이 도움을 청하러 나갔지. 톰이 간호사와 함께 돌아왔을 때 게르다는 사라졌고 이번엔 봅이 머리를 맞아 정신을 잃었어. 그 사이 금발의 남자는 자율식당의 다른 문을 통해 나갔고 린다는 남자를 뒤따랐지. 린다는 남자 차에 함께 타고 가는 데는 성공했지만 도움이 되는 뭔가를 말하게 하는 데는 실패했어. 하지만 차량번호, 차 종류를 수첩에 적었어."

"자동차는 남자 것인가요? 훔친 차는 아닐까요?"
"아니야. 정말로 남자는 누군가 무언가를 의심하리라 추측하지 않았어. 여자가 차에 태워 달라고 요청했을 때 그것이 마음에 들지 않았지만, 거절하는 것이 더 의심스럽다고 정말 생각했어."
"그럼 남자가 누구인지 알겠네요. 그렇죠?"
"응. 우리는 조사 했어. 톰이 데리고 온 대학 간호사 마르타의 오빠야."

"재미있네요. 아주 재밌어요. 오누이가 아마도 어떤 부정직한 행동에 협력했군요. 그들은 그 이상한 사건에 관한 질문에 무엇이라고 대답했나요?"

"간호사는 톰처럼 똑같은 말을 할 뿐이고 금발의 남자는 아직 심문하지 않았어."

"왜요?"

"우리가 의심한다고 남자가 의심하지 않도록. 그 남자는 우리가 게르다를 다시 찾을 유일한 기회야. 유감스럽게도 마지막 날에 남자는 아주 평범한 하루를 보냈어. 어떤 특별한 곳에도 가지 않고 어떤 주목할 만한 일도 하지 않고 아마 자신의 역할을 했고 그것을 끝낸 것 같아. 게르다를 지키던 봅이 정신을 잃을 때 게르다와 함께 도망친 다른 사람이 진짜 중요한 인물이야. 키 큰 금발의 남자도 누이 마르타도 게르다를 데려갈 수 없기에 그들은 분명 어딘가에 있어. 금발의 남자 업무가 게르다의 마시는 것에 어떤 수면제를 넣는 것만이 분명하다면 우리는 그 남자를 심문할 거야. 우리는 지금까지 남자가 사라진 미인에게 우리를 인도하길 바랐지. 하지만 점점 더 그런 일이 생기지 않을 것처럼 보이는데."

Ĉapitro 17   MI SOLVOS LA PROBLEMON

"Sed kial, kial, kial?" diris la policano preskaŭ krie al sia edzino, kiu estis lia plej helpema kunlaboranto.

"Diru al mi kial, kaj mi solvos la problemon. Oni ne kaptas homon por la simpla plezuro travivi aventuron! Ŝi ne estas riĉa. Ne kun la espero ricevi monon ili ŝin kaptis. Ŝi ĉiam vivis plej trankvilan, honestan vivon. Do ne ĉar ŝi enmiksis sin en iun kriman agadon ili sin kaptis. Pro kio do? Por kio?"

"Ŝi instruas, vi diris al mi. Kion do ŝi instruas? Kio estas ŝia fako?"

"Ŝi instruas historion, sed ŝi estas specialisto pri la sekretaj lingvoj de la deksepa kaj dekoka jarcentoj."

"Pro tio verŝajne ŝi malaperis, sed ni ne trovos la motivon uzante nur nian imagon. Ni prefere uzu la faktojn. Ni provu kunmeti ilin, rekunmeti la sinsekvon de la okazaĵoj. Kiel la afero komenciĝis?"

"Ni ne scias multon. Mi raportu jene. Du gestudentoj - Tom kaj Linda - rimarkis, ke alta blondulo metas ion en la tason de Gerda. Ili rimarkis pro lia kaŝa, ŝtela maniero agi. Iom poste, Gerda eliras el la memserva restoracio tra la pordo koridora. Tuj poste aŭdiĝas bruo, kvazaŭ iu falus. Bob, kiu aliĝis al Tom kaj Linda intertempe, eliras kune kun Tom. Ili trovas Gerdan en la koridoro: ŝi kuŝas senkonscia. Tom foriras serĉe al helpo, dum Bob gardas la junan profesorinon. Kiam Tom revenas kun la flegistino, Gerda malaperis, sed ĉifoje Bob estas senkonscia, batita alkape. Intertempe la blondulo eliris tra la alia pordo de la memserva restoracio, kaj lin sekvis Linda. Ŝi sukcesas kunveturi en lia aŭto, sed ne sukcesas igi lin diri ion helpan. Tamen ŝi notas la numeron, markon kaj tipon de la aŭto..."

***

"Ĉu la aŭto estis lia? Ĉu ne estis ŝtelita

veturilo?"

"Ne. Verŝajne li ne suspektis, ke iu suspektos ion. Kiam ŝi petis, ke li veturigu ŝin, tio al li ne plaĉis, sed li verŝajne opiniis, ke estos eĉ pli suspekte malakcepti ŝin."

"Vi do scias, kiu li estas, ĉu ne?"

"Jes, ni kontrolis. Estas la frato de fraŭlino Marta, unu el la universitataj flegistinoj, tiu, kiun Tom venigis."

"Interese! Plej interese! La gefratoj eble kunlaboras en iu malhonesta agado. Kion ili respondas al via demandado pri tiuj strangaj okazaĵoj?"

"La flegistino nur rediras la samon, kiel Tom. Kaj la blondulon ni ankoraŭ ne pridemandis."

"Kial?"

"Por ke li ne suspektu, ke ni suspektas lin. Li estas nia sola ŝanco retrovi Gerdan. Bedaŭrinde, en la lastaj tagoj, li vivas plej normalan vivon, iris al neniu speciala loko, faris nenion atentindan. Eble li ludis sian rolon kaj ĝin finis. La aliaj - tiuj, kiuj forkuris kun Gerda, kiam Bob, kiu gardis ŝin, estis senkonsciigita - certe estas la gravuloj. Ili devas ekzisti, ĉar nek la alta blondulo, nek lia fratino Marta povis forporti Gerdan. Se evidentiĝos, ke la tasko de la blondulo estis nur faligi ian dormigan substancon en la trinkaĵon de Gerda, ni lin pridemandos. Ni ĝis nun esperis, ke li kondukos nin al la malaperinta belulino. Sed pli kaj pli ŝajnas, ke tio ne okazos."

18장. 당신의 딸을 불쌍히 여겨라

"당신의 상황이 마음에 들지 않지? 그것을 바꾸고 싶지, 그렇지? 그래, 당신의 상황을 바꾸기는 쉬워."
"무언가를 먹고 싶지, 그렇지? 빵조각을 원하지? 분명 확실히. 아니면 과일? 여기, 쳐다봐. 당신을 위해 사과와 오렌지를 가지고 있어. 그것이 얼마나 예쁜지. 분명 즙이 가득 차 있어. 우리를 위해 일한다고 동의하면 당신은 충분히 배부를 거야. 그리고 여기 다른 과자도 있어. 아주 좋지는 않지만, 예쁘고 먹을만한 과자. 방금 구워서 아직 따뜻해. 만져봐. 스스로 느껴봐. 얼마나 마음에 들도록 따뜻한지. 당신의 어리석음 때문에 배가 고파. 현명하다면 우리가 요청한 작은 일을 하는데 동의할 거야. 그리고 곧 먹을 것을 받을 거야. 당신이 그렇게 고집스러워 유감이야. 그렇게 예쁜 아가씨가 배고파서 고통스러워하는 것을 보기가 안타깝기만 해. 당신의 고집불통이 정말 유감스러워. 오직 작게 '예' 하면 모든 것은 당신 것이야."
남자는 친절하게 보이려고 했지만, 표정에는 매우 비굴한 무언가가 있다. 게르다는 자신이 점점 약해짐을 느낀다. 이 누추한 방은 더워서 견디기가 쉽지 않다. 게다가 배가 고파서 사과와 오렌지를 쳐다보는 것은 정말 고통스럽다. 하지만 자신의 의무는 아니라고 말하는 것이다.

"서류를 읽었나? 그것을 이해했나?" 마치 바라듯 남자가 덧붙였다. 물론 게르다는 읽었다. 호기심이 있었다. 적어도 왜 사람들이 자신을 잡고 자유를 빼앗으려는지 알 필요가 있었다. 그래서 읽었다. 처음에는 이해하기가 어려웠다. 하지만 조금씩 기억력이 제대로 돌아와서 그 비밀언어의 원칙을 다시 기억하고 모든 것을 이해했다. 할 다른 아무 일도 없었다. 오랜 시간 그들이 두고 간 그 서류와 함께 있었다. 하지만 그들에게 어떤 대답도 하지 않기로 했다. 오래전에 **코사디** 교수에게 그것에 관해 항상 침묵하겠다고 약속했다. 결코, 그 결심을 바꾸지 않을 것이다.

"서류를 읽었나?" 두 번째 거친 목소리가 났다.

게르다는 계속 말이 없다. 화가 난 남자가 나갔다. **빵**, 사과, 오렌지, 과자를 들고 나갔다. 다행스럽게 그들은 물, 따뜻한 물 그래 정말 겨우 마실 수 있는, 확실히 겨우 갈등을 느끼지 않을, 단지 물만 남겨 두었다. 배고픔은 다소 참을 수 있지만, 갈증은 아니므로. 몇 분이 지났다. 많은 시간이, 1시간, 2시간, 3시간일까? 많은 시간일까? 어떻게 알지? 벽에는 시계도 없고 그들은 게르다의 손목시계도 **뺏었다.** 방에서 빛은 거의 변하지 않는다. 움직일 수 없는 창 커튼 때문에 일찍인가, 늦었는가? 전혀 알 수 없다. 낮, 밤, 아침, 저녁 여기는 똑같다. 햇빛이 전혀 들어오지 않는다. 그리고 나쁜 놈이 라디오카세트를 가지고 돌아온다. 카세트를 집어넣어 작동을 시킨다. 작고 불평하며 우는 듯한 목소리가 들리고 게르다의 마음을 찢었다.

"어머니, 나의 어머니. 간절히 부탁합니다. 그들이 원하는 것을 해 주세요. 그들이 저를 잡았어요. 제가 어디 있는지 알지 못해요. 무서워요. 두려워요. 그만큼 집에 돌아가고 싶어요. 그들이 원하는 대로 해 주기를 간절히 부탁합니다. 그렇지 않으면 제게 나쁜 일을 할 거예요. 무엇을 할지 제게 말하지 않았어요. 그들은 말하려고 하지 않아요. 하지만 무서울 거라고 알고 느껴요. 사랑하는 어머니. 저를 불쌍히 여겨 주세요. 딸을 불쌍히 여겨 주세요. 무척 무서워요. 가능한 한 빨리 저를 풀어주도록 서두르세요. 그들은 제가 더 길게 말하는 것을 원치 않아요. 하지만 저는 종이와 펜을 가지고 있어요. 그리고 바로 편지를 쓸 겁니다. 오로지 간곡히 부탁합니다. 그들 말에 순종해 주세요."

"여기 편지가 있어." 남자가 소리쳤다.

그리고 비웃은 뒤 덧붙였다.

"이제 그걸로 정말 충분할 거야. 조금 있다가 돌아올게. 마침내 당신이 현명해질 것이라고 나는 확신해.

그리고 여기 이것을 가져. 당신이 생각하는 데 도움이
될 거야."
이렇게 말하면서 아주 예쁜 사과를 게르다에게 던졌
다. 게르다는 마치 뱀 옆에 있는 이브처럼 자신이 느껴
졌다.

Ĉapitro 18   KOMPATU VIAN FILINON!

"Via situacio ne plaĉas al vi, ĉu? Vi dezirus ŝanĝi ĝin, ĉu ne? Nu, estas facile ŝanĝi vian situacion."

"Vi ŝatus manĝi ion, ĉu ne? Pecon da pano vi deziras, tute certe. Aŭ ĉu frukton? Jen, rigardu, mi havas pomon kaj oranĝon por vi. Kiel belaj ili estas! Plenaj je suko, evidente. Se vi estus konsentinta labori por ni, vi jam estus plene sata. Kaj jen io alia: kuko. Ĉu ne bonega, belega, manginda kuko? Ĝus bakita, ankoraŭ varma. Tugu, sentu mem, kiel plaĉe varmeta ĝi estas. Vi malsatas nur pro via stulteco. Se vi estus saĝa, vi konsentus fari la etan laboron, kiun ni petas de vi, kaj vi tuj ricevus la manĝaĵojn. Mi bedaŭras, ke vi estas tiel obstina. Estas bedaŭrinde, vidi tiel belan knabinon suferi pro malsato. Mi sincere bedaŭras vian obstinecon. Nur eta «jes», kaj ĉio estos via."

Li ŝajnigas sin afabla, sed estas io tre aĉa en lia vizaĝa esprimo. Gerda sentas sin pli kaj pli malforta. Estas varme en ĉi tiu ĉambraĉo, kio ne estas facile elportebla. Krome, ŝi malsatas, kaj la vido de tiu pomo kaj de tiu oranĝo estas vere suferiga. Kaj tamen ŝia devo estas diri «ne».

"Ĉu vi legis la dokumenton? Ĉu vi komprenis ĝin?" li aldonas, kvazaŭ espere.

Komprenebe ŝi legis. Ŝi estis scivola. Almenaŭ ŝi bezonis scii, kial oni ŝin kaptis kaj senigis je libereco. Tial ŝi legis. Estis malfacile kompreni, komence, sed iom post iom ŝia memoro plene revenis, ŝi rememoris la principojn de tiu sekreta lingvo, kaj ŝi sukcesis kompreni ĉion. Ŝi havis nenion alian por fari. Dum multaj horoj ŝi estis sola kun tiu dokumento, kiun ili lasis al ŝi. Sed ŝi decidis neniam respondi al ili. Ŝi ja antaŭ longe promesis al Profesoro Kosadi, ke pri tio ŝi ĉiam silentos. Neniam ŝi ŝangos sian decidon.

"Ĉu vi legis la dokumenton?" sonas duan fojon la aĉa voĉo.

* * *

Ŝi plu silentas, kaj li eliras, furioza. Li eliras kun la pano, la pomo, la oranĝo kaj la kuko. Feliĉe, ke almenaŭ ili lasis al ŝi akvon, varmaĉan akvon, jes ja, apenaŭ trinkeblan, certe, preskaŭ ne sensoifigan, prave, sed tamen akvon. Malsaton eblas pli malpli elporti, sed soifon ne.

Minutoj pasas. Multaj minutoj. Unu horo, du horoj, ĉu tri horoj? Ĉu multaj horoj? Kiel scii? Ne estas horloĝo sur la muro, kaj ili prenis ŝian brakhorloĝon. La lumo apenaŭ ŝanĝiĝas en la ĉambro, pro la nemoveblaj fenestro-kovriloj. Ĉu estas frue? Ĉu estas malfrue? Ŝi tute ne povas scii. Tago, nokto, mateno, vespero ĉi tie estas samaj. Sun-lumo neniam envenas.

Kaj jen la aĉulo revenas, kun radio-kaj-kasedaparato. Li enmetas kasedon, kaj irigas la aparaton.

Eta, plenda, plorema voĉeto aŭdiĝas, kaj ŝiras la koron de Gerda: "Patrino, patrineto mia, mi petegas vin. Faru, kion ili volas. Ili kaptis min. Mi ne scias, kie mi estas. Estas terure. Mi timas. Mi tiom deziras reiri hejmen. Mi petegas vin, faru tion, kion ili deziras. Se ne, ili faros malbonon al mi. Ili ne diris, kion. Ili ne volas diri. Sed mi scias, mi sentas, ke estos terure. Kompatu min, kara, kara patrino. Kompatu vian filinon. Mi timegas, rapidu, ke plej frue ili liberigu min. Ili ne volas, ke mi parolu pli longe, sed mi havas paperon kaj plumon, kaj mi tuj skribos leteron al vi. Mi nur petegas: obeu ilin!"

"Jen la letero," li kriaĉas, kaj post ridaĉo li aldonas: "Nu, tio verŝajne sufiĉos. Mi revenos post iom da tempo. Mi estas certa, ke vi iĝos saĝa, finfine. Kaj jen. Prenu ĉi tion. Ĝi helpos vin pensadi." Kaj tion dirante, li ĵetas al ŝi belegan pomon. Gerda sentas sin, kvazaŭ Eva ĉe l'serpento.

19장. 나는 가장 진지하게 말한다

페트로: 아마 우린 너무 빨리 도망쳤어. 정말 유령이 있을까?

랄프: 너희 부모님께 소리에 관해 이야기할 거니? 만약 그렇다면 너는 내 친구가 아니야. 그들이 우리가 금지된 집에서 논 것을 안다면

페트로: 아니, 우리가 거기서 논 것을 부모님께 전혀 이야기하고 싶지 않아. 그것은 우리 비밀이야. 나는 단지.

랄프: 좋아. 비밀은 친구를 함께 있게 해 줘. 네가 비밀을 지킨다면 나의 친구로 남을 거야. 그러나 그것을 어른들에게 털어놓는다면 나는 너를 괴롭히고 네 평생 결코 그날을 잊을 수 없도록 그렇게 중요하게 여겨 울게 할 거야. 나를 믿어. 네 평생 약속을 깰 때 그것이 마지막이 될 거야. 무엇? 웃음이 나오니?

페트로: 웃지 않았어.

랄프: 나도 웃지 않아. 아주 진지하게 말했어. 사람들은 진짜 위험에 웃지 않아. 그렇지? 그리고

만약

페트로: 하지만 나는 부모님에게 전혀 무언가를 말하고 싶지 않아. 나는 단지.

랄프: 그리고 그것을 학교에서 이야기한다면 너를 위해 더 좋지 않을 거야. 완전히 똑같이 너를 울게 할 거야. 네 옷을 더럽게 만들어 네가 집에 돌아올 때 너희 어머니는 화가 나서 소리칠 거야. 너를 물속에 넣고 머리 위에 앉을 거야. 특별한 잡는 도구로 너를 잡을 거야. 산속으로 데려가 거기 너를 내버려 둘 거야. 그리고 너는 완전히 혼자 있게 되고 길을 잃고 울 거야.

페트로: 너는 갈증에 관해 알기조차 못 하지. 네 잡는 도구를 나는 믿지 않아. 그리고 게다가 나는 단지.

랄프: 그래. 나는 갈증을 알아.

페트로: 너는 갈증을 가질 필요 없어. 너는 매우 어리니까. 그리고 차도 없잖아.

랄프: 나는 권리가 있든 없든 그것을 염려하지 않아. 할 권리가 있는 것만을 한다면 아무것도 할 수 없어. 어떤 자동차를 훔칠 거야. 그래. 학교에서 어느 선생님의 자동차를 훔칠 거야. 그리고 산으로 데려가 거기에 놔두면 울거야. 만약 우리 동급생이나 같은 학교 학생 중 누구

에게 말한다면 모든 학교가 오래된 낡은 집에 있는 여자에 관해 알게 될 거야. 그리고 나중에 부모님까지.

페트로: 여자를 말했어. 그러면 유령이 있다고 믿지 않구나. 그럼 동의하네

랄프: 물론 유령을 믿지 않아. 우리가 들은 여자는 내가 잡아, 거기에 가둔 여자야. 여자를 내 하녀로 만들 계획이야. 내가 하고 싶은 일을 모두 시킬 거야. 맞아, 여자에 관해 말한다면 말하고 싶지 않아. 네가 너무 무서워하니까.

Ĉapitro 19   MI PAROLAS PLEJ SERIOZE

Petro: Eble ni forkuris tro rapide. Ĉu vere
    fantomoj ekzistas?

Ralf: Ĉu vi volas raporti pri la voĉo al viaj
    gepatroj? Se jes, vi ne plu estas mia
    amiko. Se ili scios, ke ni ludis en la
    malpermesita domaĉo, vi...

Petro: Ne. Mi tute ne volas diri al la gepatroj,
    ke ni ludis tie. Tio estas nia sekreto. Mi
    nur v...

Ralf: Jes. Sekreto kunigas la amikojn. Se vi
    gardos la sekreton, vi restos mia amiko.
    Sed se vi malkaŝos ĝin al la granduloj,
    mi... mi... mi suferigos vin, mi igos vin
    plori tiel grave, ke neniam plu en via tuta
    vivo vi forgesos tiun tagon. Kredu min, en
    via tuta vivo, tio estos la lasta fojo, kiam
    vi rompis promeson. Kio? Ĉu tio igas vin
    ridi?

Petro: Mi ne ridas, mi nur v...

Ralf: Ankaŭ mi ne ridas. Mi parolas plej
serioze. Oni ne ridas pri veraj danĝeroj,
ĉu? Kaj se vi...

Petro: Sed mi tute ne volas diri ion al la
gepatroj. Mi nur...

Ralf: Kaj se vi rakontos ĝin en la lernejo, ne
estos pli bone por vi. Mi plorigos vin tute
same. Mi malpurigos viajn vestojn, kaj via
patrino krios furioze kiam vi revenos
hejmen. Mi kuŝigos vin en akvon kaj sidos
sur via kapo. Mi kaptos vin per mia
speciala kaptilo kaj veturigos vin en la
montaron kaj forlasos vin tie, kaj vi estos
tute sola kaj perdita, kaj vi ploros. Vi...

* * *

Petro: Vi eĉ ne scias ŝofori. Mi ne kredas je
via kaptilo. Kaj cetere, mi nur ...

Ralf: Jes, mi scias ŝofori.

Petro: Vi ne rajtas ŝofori, ĉar vi estas tro juna.
Kaj vi ne havas aŭton.

Ralf: Mi ne zorgas pri tio, ĉu mi rajtas aŭ ne.

Se mi farus nur tion, kion mi rajtas fari,
mi farus nenion. Mi ŝtelos iun veturilon,
jes, mi ŝtelos veturilon de iu instruisto en
la lernejo, kaj veturigos vin sur monton
kaj lasos vin tie kaj vi ploros. Se vi
parolos al iu el niaj samklasanoj, aŭ
samlernejanoj, la tuta lernejo ekscios pri
la virino en la malnova domaĉo, kaj poste
la gepatroj.

Petro: Vi diris «virino», do vi ne kredas, ke
estas fantomo. Vi do konsentas, ke...

Ralf: Kompreneble mi ne kredas je fantomoj.
La virino, kiun ni aŭdis, estas virino,
kiun mi kaptis kaj gardas tie. Mi planas
igi ŝin mia servistino. Ŝi faros ĉion, kion
mi volos. Kaj se vi parolos pri ŝi... Nu,
mi ne volas paroli pri tio, kio okazos al
vi, ĉar vi tro timus...

20장. 경찰

발걸음 소리. 사람들이 거리 위로 걷는다. 게르다는 자세히 그것을 듣는다. 뭔가 중요한 일이 곧 일어날 거라고 예감한다. 많은 사람의 소란스러운 소리. 그들이 온다. 소음으로 보아 그들이 많은 것 같다. 괴롭히려고 떼를 지어 지금 오고 있는가? 열쇠. 문 뒤로 열쇠를 돌리는 소리. 누군가가 자물통에 열쇠를 넣고 돌린다. 평소 방문한 자들이 아님을 알아차린다. 남자는 그렇게 행동하지 않는다. 열쇠를 아주 빠르게 집어넣고 그것을 돌려 안으로 들어온다. 이 사람은 아니다. 한 번 시도한다. 성공하지 못한다. 수많은 열쇠의 소란스러운 소리. 다시 한번 조심하며 해본다. 다시 해보고 여러 열쇠로 또 해 본다. 열쇠를 알지 못하는 것이 분명했다. 열쇠를 집어넣을 때 여러 방향으로 그것을 움직인다. 마치 그것으로 놀 듯이. 정말 미지의 자물통을 조사하는 것 같이. 그리고 그들은 마침내 성공한다. 그들은 들어온다.
"경찰이다." 하고 말한다.
그리고 게르다는 경찰에게 입맞춤하려고 뛰어가고 싶

은 마음이 강하게 들었다. 키가 크고 마르고 흑발에 아주 위엄있게 보이는 푸른 눈동자를 가진 남자다.

"이 젊은이들이 나를 많이 도와주었어요." 경찰이 설명했다. "우리가 모든 것을 하기에 경찰에는 충분히 많은 사람이 없어요. 그들의 도움을 아주 환영합니다." 그리고 톰, 봅, 린다 그들을 소개한다.

게르다는 발걸음을 들었을 때 칠 팔명 아마 아홉 사람이 온다고, 적어도 여섯 명은 된다고 보았는데 사실상 그들은 단지 네 명이다.

"제 딸은?" 게르다가 묻는다. 그만큼 대답을 두려워하면서 겨우 두 단어를 꺼낼 수 있다.

"구출 되었어요. 아이는 지금 집에 아빠랑 있습니다. 선생님을 잡은 자들은 전문가가 아니라 어리석게 행동했어요. 어린 여자애는 대학 간호사 마르타 양의 숙모 집에 있었어요. 우리는 쉽게 따님을 찾았죠.

따님은 아버지를 다시 보고 집에 가서 당연히 아주 기뻐했어요."

"아, 감사합니다. 정말 감사합니다. 선생님 말이 내 온 인생을 바꿨습니다. 하지만 여기 어떻게 왔는지 그들이 이 초라한 집에 나를 가두어 둔 것을 어떻게 알아냈는지 말해주세요."

"두 남자 아이가 이 오래되고 버려진 집에서 나는 소리에 관해 말했어요. 그들 덕분에. 하지만 지금 이야기해 보세요. 납치범들이 무엇을 목적으로 했나요? 그들의 목적이 뭔가요? 왜 선생님을 감금하려고 했나요?"

"그들은 내가 옛 문서를 번역하기 원했어요. 나는 반대했죠. 그때 그들은 강제로 해내려고 생각했죠. 그들은 거의 성공했어요. 첫째는 배고픔으로 그리고 나중에 내 딸의 메시지로. 배고픔은 쉽게 참을 수 있는 것은 아니지만 나를 믿으세요. 하지만 카세트의 메시지는 참기 어려웠어요. 사실 나는 지금 지독히 배가 고파요. 여러분 중 누가 나를 위해 먹을 것을 사러 가주기를 부탁합니다. 무엇이든 좋습니다."

린다는 먹을 것을 사러 나간다.
"너희들은 빠짐없이 모든 것을 내게 이야기해." 린다는 나가면서 두 친구에게 말한다. 게르다는 계속 말을 이어서 보고한다. 더구나 모든 필요한 설명도 한다. 경찰관은 이해하면서 머리를 끄덕인다. 게르다는 자신의 감금 상태, 조건에 관해 아직도 더 설명한다. 그리고 경찰관은 제안한다.
"봅, 학생은 누가 돌아온다면 침대 밑에 숨는데 동의할 수 있나요?"
"왜요?"
"내게 계획이 있어요? 학생을 제외하고 우리 모두는 나가고 게르다 선생님이 납치범에게 그 종이 위에, 말하고 싶은데 그 오래된 서류 위에 쓰인 것이 무엇인지 설명하는 데 동의했으면 좋겠어요. 그때 그들은 서류에 따라 행동할 것이고 우리는 그들을 그만큼 더 쉽게 잡을 거요. 하지만 게르다 선생님이 고통당하도록 할 권리는 없어요. 누가 알아요? 그것이 더는 그들에게 필요하지 않을 때 그들이…. 참 학생은 이해하죠. 여기 머물러 가까이 다가오는 소리를 들을 때 침대 아래로 몸을 숨겨요. 무슨 일이 일어나는지 아주 주의해요. 게르다 선생님이 말했죠. 오직 한 사람만 항상 왔다고. 한 명의 남자는 말라서 그렇게 힘이 센 사람은 아니예요. 학생같이 힘이 센 사람은 필요하면 남자를 제압할 거요." 봅은 동의했다. 진실을 말하면 조금 의심스러운 표정을 하고.

Ĉapitro 20 POLICO!

Paŝoj. Oni paŝas sur la strato. Gerda aŭskultas atente. Ŝi antaŭsentas, ke io grava baldaŭ okazos. Bruo de multaj homoj. Ili venas. Ili ŝajnas multaj, laŭ la bruo. Ĉu nun oni venos grupe por ŝin suferigi? Ŝlosiloj. Bruo de ŝlosiloj trans la pordo. Iu enmetas ŝlosilon en la seruron. Ŝi scias, ke ne estas ŝia kutima vizitanto. Li ne agas tiel. Li enmetas tre rapide la ŝlosilon, ĝin turnas, eniras. Ne ĉi tiu. Li provas unu fojon. Ne sukcesas. Plia bruo de ŝlosiloj. Alian fojon li provas, sen pli da sekureco. Li provas ree kaj ree per diversaj ŝlosiloj. Aŭdeblas, ke li ne konas la seruron. Kiam li enmetis ŝlosilon, li tenas ĝin laŭ diversaj direktoj, kvazaŭ li ludus per ĝi, verŝajne ĉar li esploras nekonatan seruron.

Kaj jen li fine sukcesas! Li eniras.

"Polico!" li diras, kaj Gerda devas superi fortan

emon salti al li por lin kisi. Estas alta viro, maldika, kun nigraj haroj kaj verdaj okuloj, kiu sin tenas tre digne.

Post li venas aliaj homoj, multe pli junaj. Ŝi jam vidis tiujn vizaĝojn. Studentoj ili estas. Ilia sinteno estas tute malsama: senstreĉa.

"Tiuj gejunuloj multe helpis min," la policano klarigas. "Ni ne estas sufiĉe multaj en la polico por ĉion fari, kaj ilia helpo estis tre bonvena." Kaj li prezentas ilin: Tom, Bob, Linda. Kiam ŝi aŭdis la paŝojn, Gerda imagis, ke venas sep, ok, eble naŭ homoj, sed almenaŭ ses; fakte, ili estas nur kvar.

* * *

"Mia filino...?" ŝi demandas, kaj ŝi apenaŭ povas eligi la du vortojn, tiom ŝi timas la respondon. "Savita. Ŝi nun estas en via hejmo, kun via edzo. Viaj kaptintoj estas amatoroj, kiuj agis fuŝe. La etulino estis ĉe la onklino de tiu f-ino (= fraŭlino) Marta, la universitata flegistino. Ni facile trovis ŝin. Ŝi tre ĝojis revidi la patron, kaj la hejmon, kompreneble."

"Ho, mi dankas, mi dankegas vin. Via diro ŝanĝas mian tutan vivon. Sed diru: kiel vi alvenis ĉi tien? Kiel vi malkovris, ke ili tenas min enŝlosita en ĉi tiu domaĉo?"

"Du knaboj rakontis pri voĉo en ĉi tiu malnova, forlasita domo. Dank'al ili... Sed nun rakontu vi. Kion viaj kaptintoj celas? Kio estas ilia celo? Kial vin teni mallibera?"

"Ili volas, ke mi traduku malnovan dokumenton. Mi malkonsentis. Tiam ili opiniis, ke perforte ili sukcesos. Ili preskaŭ sukcesis. Per malsato, unue, kaj poste per la mesaĝo de mia filino. La malsato ne estis facile elportebla, kredu min, sed la mesaĝo surkaseda...! Fakte mi terure malsatas nun. Mi petas, ĉu iu el vi bonvolus iri aĉeti manĝaĵon por mi? Io ajn estos bonvena."

***

Linda foriras por aĉeti manĝaĵon.
"Vi rakontos al mi. Ĉion, senmanke," ŝi diras al la du knaboj, elirante.
Gerda raportas, vorton post vorto; krome, ŝi donas ĉiujn necesajn klarigojn.

La policano kap-jesas komprene. Gerda klarigas al li ankoraŭ pli pri la kondiĉoj de sia mallibereco. Kaj jen la policano havas ideon.

"Bob, ĉu vi konsentus kaŝi vin sub la lito, se iu envenas?"

"Kial?"

"Mi havas planon. Mi ŝatus, ke ni ĉiuj foriru, krom vi, kaj ke Gerda diru al la kaptinto, ke ŝi konsentas klarigi al li, kio estas skribita sur tiu papero, mi volas diri: sur tiu malnova dokumento. Ili tiam agos laŭ la dokumento, kaj ni kaptos ilin tiom pli facile. Sed tamen, ni ne rajtas riski, ke Gerda suferu. Kiu scias? Kiam ŝi ne plu estos necesa por ili, ili povus... Nu, vi komprenas. Vi restos ĉi tie, kaj kiam vi aŭdos paŝojn proksimiĝi, vi kaŝos vin sub la lito, kaj bone atentos ĉion, kio okazas. Gerda diris, ke ĉiam venas nur unu persono, unu viro, maldika ulo, ne tre forta. Fortulo kiel vi tuj superos lin, se necese."

Bob konsentas, kvankam, se diri la veron, kun iom duba esprimo.

21장. 비밀 회합

게르다는 더 좋은 상태임을 느낀다. 방금 먹는 것을 끝냈다. 린다, 톰, 경찰은 갔다. 게르다는 봅과 아주 작게 말한다. 그들은 정말로 누가 가까이 오는지 안 오는지 주의해야 한다. 다행히 나쁜 놈이 올 때 특별히 귀 기울이지 않고도 충분히 일찍 항상 잘 들었다. 봅은 마음에 들었다. 착하고 희생하는 개의 표정을 가졌고 크고 힘이 세다. 그들은 인생, 지난 사건에 관해 이야기한다. 게르다가 자기 남편에 관해 말할 때 봅의 얼굴은 변했다. 조금 슬픈 표정을 취했다. 봅이 게르다에게 사랑에 빠졌나? 그리고 발걸음 소리가 들린다. 봅은 침대 아래로 뛰어가 침대 아래에서 너무 불편한 자세가 되지 않도록 찾는데 서둘렀다. '소리 내지 말자.'하고 혼잣말했다. 가장 중요하고 가장 필요한 것은 소리 내지 않는 것이다. 먹는 것을 가지고 말로 게르다를 괴롭힌 나쁜 감시자가 지금 들어온다. 그러나 이번에는 게르다가 남자를 기쁘게 할 수 있을 것이다. 얼마나 기쁘냐!

"내가 동의할게요." 마른 놈이 문을 열 때 게르다가

소리쳤다.

"당신의 제안을 받아들일게요. 더 견딜 수 없어요. 종이 따위를 번역할게요. 내 딸을 풀어주고 내게 먹을 것을 주세요. 제발." "여기 있다." 마른 사람은 간단히 말하고 가방에서 빵, 소시지, 과자, 과일, 초콜릿, 우유병까지 꺼낸다. 게르다는 조용히 먹는다. 게르다는 더 먹을 수도 있다. 방금 조금 먹었을지라도. 먹는 소리를 들은 봅은 점점 배가 고팠지만, 무엇을 할 수 있을까?

"이제 그 오래된 종이에 쓰인 것이 무엇인지 설명해." 방문객이 말한다. 그리고 게르다는 설명한다. 빛을 찾는 자들의 보물이 주제라고 이야기한다. 빛을 찾는 자들은 비밀 회합으로, 15세기에 생겨 시대에 따라 18세기 중순까지 때로는 힘있게 때로는 약하게 유지되었다. 그것은 아주 많은 나라의 다양한 사람들이 구성원이다. 천주교인, 기독교인, 전통주의자, 유대교인, 회교도, 불교도 등이 이 국제적이거나 초 민족적 회합의 구성원들이다. 그들의 목적은 세계 민족성의 하나를 위해, 종교의 조화를 위해, 다른 전통의 상호 이해를 위해 비밀스럽게 일하는 것이다. 그들은 도덕적이고 철학적인 엘리트들이다. 그들은 어느 나라 백성이든지 서로 의사소통할 수 있는 비밀언어를 생각해 냈다. 빛을 찾는 자들이 그들의 존재를 드러냈을 때 국가들은 그 사람들을 무서워하고 그들의 목적을 오해하고 그들을 핍박했다. 빛을 찾는 자들 사이에 아주 부자들이 있었다. 그래서 여러 가지 오래된 서류에 따르면 그들의 보물은 큰 가치가 있다. 이 종이는 사람들이 보물을 어디에 숨겼는지 아주 정확히 가르쳐 주는 서류의 사진 복사본이다. 게르다는 설명하며 번역하고 남자는 작은 수첩에 자세한 사항을 모두 적었다. 게르다가 말을 마치자 남자는 말한다.

"감사해. 이제 우리는 바라는 것을 가졌어. 나는 간다. 여기에 당신을 두고 간다. 나중에 무엇을 할지 결정할 거야. 잘 있어. 미인이여, 안녕."

문이 닫히고 발걸음 소리가 멀어지자마자 침대 밑에서 이렇게 말하는 소리가 들렸다.

"선생님은 그 과자를 제게 조금 남겨 두셨나요?

Ĉapitro 21 LA SEKRETA SOCIETO

Gerda sentas sin pli bone. Ŝi ĵus finis manĝi. Foriris Linda, Tom kaj la policano. Ŝi parolas kun Bob, tre mallaŭte. Ili ja devas atenti, ĉu iu proksimiĝas aŭ ne. Feliĉe, eĉ sen speciale aŭskulti, ŝi ĉiam bone aŭdis, sufiĉe frue, kiam la aĉulo venas. Bob plaĉas al ŝi. Li estas granda kaj forta, kun esprimo de bonkora, sin-donema hundo.

Ili parolas pri siaj vivoj, pri la lastaj okazaĵoj. Kiam ŝi parolas pri sia edzo, lia vizaĝo ŝanĝiĝas, alprenas iom malĝojan esprimon. Ĉu li enamiĝus al ŝi?

Kaj jen aŭdiĝas paŝoj. Bob saltas sub la liton, provas rapide trovi ne tro malkomfortan pozicion sub la lito. "Ne brui," li diras al si, "plej grave, plej necese estas ne brui!"

Envenas la gardanto, la aĉa malgrasulo, kiu, per siaj vortoj pri manĝo, tiom suferigis Gerdan. Sed ĉifoje ŝi povos kontentigi lin. Kia plezuro!

"Mi konsentas," krias Gerda, kiam la maldika

aĉulo malfermas la pordon. "Mi akceptas vian proponon. Mi ne plu elportas. Mi tradukos vian aĉan paperon. Liberigu mian filinon, kaj donu al mi manĝi, mi petas."

"Jen," simple diras la maldikuleto, kaj li elprenas el sako panon, kolbason, kukon, fruktojn, ĉokoladon, kaj eĉ botelon da lakto. Gerda manĝas silente. Ŝi povus manĝi eĉ pli, kvankam ŝi jus iom manĝis. Bob, aŭdante la manĝo-bruon, pli kaj pli malsatas, sed kion li povus fari?

* * *

"Nun, bonvolu klarigi, kio estas skribita sur tiu malnova papero," la vizitanto diras.

Kaj Gerda klarigas. Ŝi rakontas, ke temas pri la trezoro de la Lumo-serĉantoj. La Lumoserĉantoj estis sekreta societo, kiu naskiĝis en la dekkvina jarcento kaj daŭris, jen forta, jen malforta, laŭ la epokoj, ĝis la mezo de la dekoka jarcento. Ĝi havis membrojn en tre multaj landoj, en plej malsamaj popoloj. Katolikoj, protestantoj, ortodoksuloj, judoj, islamanoj, budhanoj kaj aliaj estis membroj de tiu internacia aŭ supernacia societo. Ilia celo estis sekrete labori por la unuigo de la mondo, de la popoloj, por la harmoniigo de la religioj, kaj por la inter-kompreniĝo de la malsamaj tradicioj. Ili estis morala kaj filozofia elito. Ili estis elpensintaj sekretan lingvon, kiu ebligis al ili komuniki, el kiu ajn lando aŭ popolo ili estis. La ŝtatoj, kiam ili malkovris la ekziston de la Lumo-serĉantoj, ektimis tiujn homojn, miskomprenis iliajn celojn, kaj ilin persekutis. Inter la Lumoserĉantoj, tre riĉaj homoj troviĝis. Tial, laŭ diversaj malnovaj dokumentoj, ilia trezoro estas multvalora. Ĉi tiu papero estas fotokopio de dokumento, kiu tre precize indikas, kie oni kaŝis la trezoron.

Gerda klarigas, tradukas, kaj la viro notas ĉiun detalon sur etan not-libron. Kiam ĝi finis, li diras: "Dankon. Nun ni havas, kion ni deziris. Mi foriras. Mi lasas vin tie ĉi. Ni decidos poste, kion ni faros el vi. Adiaŭ, belulino, adiaŭ."

Nur post kiam la pordo fermiĝis kaj la bruo de la paŝoj forsvenis, aŭdiĝas de sub la lito voĉo, kiu diras: "Ĉu vi lasis al mi iom de tiu kuko?"

22장. 동굴에서

그들을 풀어주려고 곧 경찰관들이 왔다. 게르다는 집으로 딸과 남편에게 돌아갔다. 하지만 봅은 공항으로 서둘렀다. 경찰이 게르다의 납치범을 체포할 때 린다와 톰과 함께 있고 싶었다. 충분히 값비싼 여행이었지만 게르다의 가정은 부자라 감사를 표현하면서 그들의 항공권 비용을 지급했다. 경찰관과 젊은이들은 보물이 어디에 있는지 도둑들보다 훨씬 일찍 알았기에 준비하는데 충분한 시간을 가졌다. 그들은 가능한 한 금세 다른 사람들이 오리라고, 모든 일당이 오리라고 의심하지 않았다. 보통 그런 사람들은 서로 믿지 않기 때문에 누가 보물의 일부를 숨기지 않도록 확실히 하기 위하여 같이 참석하고자 한다. 가리킨 장소는 이미 수년 전부터 누구도 가 본 적 없는 것처럼 보이는 산자락 동굴에 있다.

"다행히 그들은 보물을 바다 건너에 숨기지 않았어. 예를 들어 오직 배로만 갈 수 있는 섬 위에. 게르다가 말한 것처럼 정말 국제회합이라면 그것도 가능하지, 그렇지?" 그렇게 린다가 말했다.

"네 말이 맞아." 톰이 말했다. "나는 배로 여행하는 것을 아주 좋아하지 않아. 바다는 항상 나를 아프게 해. 바다를 바라보기, 바다 옆에 머물기, 바다 근처에서 자유롭게 시간 보내기를 좋아하지만, 배를 타고 바다로 여행하기는 싫어. 배는 바다 위에서 끊임없이 춤추고 그들의 춤이 내게는 전혀 마음에 들지 않아. 다행히 요새는 어디든 비행기로 갈 수 있어. 비행기는 거의 춤추지 않아. 하지만 비행기조차 반 정도 내 마음에 들어. 땅 위로 차를 탈 때 아주 튼튼한 땅을 가장 많이 좋아해. 내 발밑에 물이나 공기보다 더 단단한 무언가가 필요해. 가장 마음에 드는 것은 좋은 흙길을 바로 산책하는 거야. 나는" 하지만 린다가 톰의 말을 중간에 끊었다. 그들이 처한 여건이 조금 이상해서. "선생님 생각에 보물 찾는 이들이 언제 도착할까요?" 린다가 경찰에게 물었다.

"내일, 아주 확실해요. 그들은 오늘 도착할 수 없을 거예요. 우리 뒤에 더 비행기가 없으니까요. 그리고 그들은 밤새 차를 타는 것이 필요해요. 정말로 봅 학생은 같은 비행기를 타고 올 거예요."

온도는 마음에 들고 날씨는 멋지다. 그들은 가까이에 천막을 쳤다. 하지만 도착하는 사람이 볼 수 없도록 잘 살피면서. 보물 찾는 자들이 내일 낮이 되기 전에 올 수 있는 유일한 방법은 그들이 특별히 빌린 작은 비행기를 타고 오는 것이다. 그러나 특별한 비행기를 빌리는 것은 아주 돈이 많이 들기에 그들은 그 방법을 사용하지 않을 것이 정말 확실하다. 다음 날 아침 우리 친구들은 일찍 깼다. 곧 경찰관과 두 학생은 그들 모두 차례대로 경비를 서는 장소를 마련했다. 거기서 그 길을 따라 유일한 길, 아니 더 정확히 말하면 동굴로 가까이 올 수 있는 허름한 길을 쉽게 볼 수 있다. 또한, 동굴에서 각자 정해진 앉을 곳을 모두 마련했다. 기다린 지 3시간 뒤 마침내 무슨 일이 생겼다. 조금 높은 전망대에 서서 지켜보고 있던 린다가 분명한 신호를 주고 위에서 아래 동료에게 서둘러 뛰었다.

"차가 도착해요." 린다가 소리쳤다. 보물 찾는 이들이 아니라면 누가 차로 이 보잘것없고 아주 한적한 곳에 오겠는가? 세 명의 기다리는 사람들은 동굴에서 쉽게 흔히 발견할 수 있는 바위 뒤 자기 지정된 장소에 몸을 숨겼다.

Ĉapitro 22 EN LA KAVERNO

Baldaŭ venis la policanoj, por ilin liberigi. Gerda reiris hejmen, al ŝiaj filino kaj edzo. Sed Bob rapidis al la flug-haveno. Li volis ĉeesti kun Linda kaj Tom, kiam la policano arestos la kaptintoj de Gerda.

Estis sufiĉe multekosta vojaĝo, sed la familio de Gerda – riĉa familio – pagis por ili la bileton, tiel esprimante sian dankemon.

Ĉar la policano kaj la gejunuloj sciis pli frue ol la ŝtelistoj, kie troviĝas la trezoro, ili havis multe da tempo por prepari sin. Ili ne dubis, ke la aliaj venos kiel eble plej baldaŭ, kaj ke la tuta bando venos. Kutime tiaj homoj ne fidas sin reciproke, kaj volas kune ĉeesti, por certiĝi, ke neniu kaŝos por si parton de la trovaĵo.

La loko indikita troviĝis ĉe la piedo de monto, en kaverno, kie, videble, neniu paŝis jam de jaroj.

"Feliĉe, ke ili ne kaŝis la trezoron trans la maro, ekzemple sur insulo, kien nur per ŝipo oni povas iri. Se estis vere internacia societo, kiel Gerda diris, tio estis ebla, ĉu ne?" Tiel parolis Linda.

"Vi pravas," diris Tom. "Mi tute ne ŝatus vojaĝi ŝipe. La maro ĉiam igas min malsana. Mi ŝatas rigardi la maron, resti ĉe la maro, liber-tempi apud la maro, sed ne vojaĝi per ŝipo sur ĝi. Ŝipoj konstante dancas sur la maro, kaj ilia danco tute ne plaĉas al mi. Feliĉe, ke hodiaŭ oni povas iri preskaŭ ien ajn aviadile.

Aviadiloj preskaŭ tute ne dancas. Sed eĉ aviadiloj nur duone plaĉas al mi. Plej multe mi preferas, kiam mi veturas sur tero, sur bona firma tero. Mi bezonas sub mi ion pli firman ol akvo aŭ aero. Plej plezure estas promeni piede sur bona tera vojo. Mi..."

Sed Linda interrompis lian paroladon, iom strangan en tiuj kondiĉoj, en kiuj ili troviĝis:

"Kiam alvenos la trezorserĉantoj, laŭ via opinio?" Ŝi demandis la policanon.

"Morgaŭ, tute certe. Ili ne povus alveni hodiaŭ, ĉar ne plu estis aviadilo post la nia, kaj aŭte ili bezonus la tutan nokton. Verŝajne Bob flugos en la sama aviadilo."

* * *

La temperaturo estis plaĉa, kaj bela la vetero. Ili starigis sian tendon en la proksimeco, tamen bone prizorgante, ke ĝi ne estu videbla por alvenantoj. La sola maniero, laŭ kiu la trezorserĉantoj povus alveni antaŭ la morgaŭa tago, estus, ke ili flugu per malgranda aviadilo, speciale luita. Sed lui specialan aviadilon kostas tiel multe, ke plej verŝajne ili ne uzos tiun rimedon.

La sekvantan matenon, niaj amikoj vekiĝis frue. Tuj la policano kaj la du gestudentoj aranĝis, ke ĉiu el ili, unu post la alia, gardo-staros en loko, de kie eblas facile observi la solan vojon - aŭ pli ĝuste vojaĉon - laŭ kiu oni povas proksimiĝi al la kaverno, kaj ke ĉiu havos en la kaverno sian difinitan kasejon.

Post tri horoj da atendado, io fine okazis: Linda, kiu gardostaris en la iom alta observejo, faris la deciditan signalon, kaj rapide kuris de supre al siaj kunuloj.

"Aŭto alvenas!" ŝi kriis.

En tiu ege soleca regiono, kiu povus veni aŭte per tiu tera vojaĉo, se ne trezorserĉantoj? La tri atendantoj sin kaŝis, ĉiu en sia difinita loko, malantaŭ rokoj, da kiuj oportune troviĝis multe en la kaverno.

23장. 가방 속 보물

30분 뒤 누가 들어왔다. 봅이다.

"빛을 찾는 자들이 어디에 숨었나요?" 봅이 소리쳤다.

"어둠 속에요." 다른 사람이 나타났다.

"다시 숨어요. 그들이 곧 도착할 겁니다." 봅이 말했다. "그들을 앞서기 위해 어떻게 했나요?"

"게르다 선생님 덕분입니다. 전화로 조율해서 비행기가 나를 공항에서 기다리게 했고 운전사가 나를 여기로 데려다주게 했어요. 부자라 돈으로 많은 문제를 해결했어요. 아주 정확한 정보를 줘 운전사가 장소를 찾을 수 있도록 했고, 그래서 제가 여기 있어요. 하지만 보물 찾는 이들도 곧 올 겁니다. 그들은 나와 같은 비행기를 탔는데 운전사가 나를 발견했을 때 나는 그들이 렌트카 사무실로 가는 것을 보았어요." 톰은 위로 전망대를 향해 뛰어갔다. 몇 분 뒤 다른 사람들은 톰의 신호를 들었다. 동굴 속으로 마르타 간호사, 오빠인 키 큰 금발의 남자, 게르다가 갇혀 있을 때 관계가 있는 마른 사람 그리고 두 남자가 들어왔다. '론가 교수다.' 세 명의 대학생은 놀라서 혼잣말하고 바로 이

어서 덧붙였다. '그리고 페르구스 교수다.' 첫 번째 사람은 언어학을 가르치고 두 번째는 영문학을 가르쳤다. 고대 서류에 따르면 보물은 바위들 속에 만들어진 움푹 파인 곳에 놓인 가방 안에 있었다. 그리고 그것을 덮어 숨기고 있는 돌들은 정확한 현상에 따라 눕혀져 있었다. 사실 정확한 장소는 비록 수백 년이 지나도 모두 가져갈 수 없도록 신중하게 되어 있지만, 그렇게 많은 표시로 안내가 되었다. 그렇게 정확한 표시 때문에 바로 그 장소는 쉽게 발견되었다. 무리는 숨기고 있는 돌들을 제거했다. 움푹 파인 곳은 코르크와 여러 가지 물질로 가득 차 있는 것이 드러났다. 아마도 그 목적은 가방이 젖는 것을 보호하려는 것이었다. 그들이 취한 가방은 그렇게 크지는 않고 특별히 예쁘거나 가치 있지는 않았다. 그것은 잠겨있었다. 그들이 가진 도구로 그것을 열었다.

Ĉapitro 23   LA TREZORO EN KOFRO

Post duonhoro, iu envenis. Estis Bob!

"Kie sin kaŝas la Lumserĉantoj?" li kriis.

"Ĉu en la mallumo?"

La aliaj sin montris.

"Rekaŝu vin, ili tuj alvenos," li diris.

"Kiel vi faris por antaŭi ilin?"

"Dank'al Gerda. Ŝi telefone aranĝis, ke veturilo atendu min ĉe la flughaveno, kaj ke ŝoforo min veturigu ĉi tien. Ŝi estas riĉa, kaj mono solvas multajn problemojn. Ŝi donis tre precizajn indikojn por ebligi al la ŝoforo trovi la lokon, kaj jen mi estas. Sed niaj trezorserĉantoj tuj alvenos. Ili flugis en la sama aviadilo, kiel mi, kaj kiam la ŝoforo min trovis, mi vidis ilin iri al oficejo, kie oni luas aŭtojn."

Tom kuris supren al la observejo. Post kelkaj minutoj, la aliaj aŭdis lian signalon.

Envenis la kavernon flegistino Marta, ŝia frato la

alta blondulo, la malgrasulo kiu rilatis kun Gerda, kiam ŝi estis mallibera, kaj du aliaj viroj. "Profesoro Ronga!" mire diris al si la tri gestudentoj, kaj tuj poste ili aldonis: "Kaj Profesoro Fergus!"

La unua instruis lingvistikon, la dua anglan literaturon.

Laŭ la malnova dokumento, la trezoro troviĝis en kofro metita en kavo aranĝita en la rokoj, kaj la ŝtonoj, kiuj ĝin kovris kaj kaŝis, kuŝis laŭ preciza desegno. Fakte, la ĝusta loko estis indikita per signoj tiel multaj, kvankam diskretaj, ke la pasado de l'jarcentoj ne povu forpreni ĉiujn. Pro tiuj precizaj indikoj, la ĝusta loko estis rapide trovita. La grupo forprenis la kaŝantajn ŝtonojn. Montriĝis, ke la kavo estis plenigita per korko kaj diversaj aliaj substancoj, kies celo verŝajne estis protekti la kofron kontraŭ malsekeco.

La kofro, kiun ili eltiris, ne estis tre granda, nek speciale bela aŭ valora. Ĝi estis ŝlosita. Per siaj iloj, ili ĝin malfermis.

24장. 빛의 보물

"오직 종이다." 론가가 소리쳤다.

"역시 책이다." 마르타가 말했지만 이미 론가는 크게 읽었다.

여기에 빛의 보석이 누워 있다. 계속된 핍박 때문에 빛을 찾는 자들의 거룩한 비밀 형제회는 곧 없어질 것이다. 하지만 그 정신은 계속 살아 있을 것이다. 어느 날 사람들은 거룩한 원칙들을 발견할 것이고 그것들은 다시 작동하기 시작할 것이다. 그들을 위해 여기에 빛의 보물을 감춰 둔다.

그것은 형제회의 비밀언어로 쓰였다. 그러나 분명 그것을 이해할 수 있는 자들을 찾을 것이다. 보물은 실제로 작동하고 지킬 아래의 문구로 구성되었다. 진리, 정의, 권위, 모든 사람에 대한 존경, 상호 이해, 정직, 사랑, 동정, 지식 그 자체와 그 정확한 장소에 대한 지식, 형제회를 위하여 정신적인 가치들은 가장 고상하다. 그래서 그 보물은 순수한 정신이다. 많은 아니면 많지 않은 날, 주, 달, 연, 10년 아니면 100년을 넘어서 이것을 발견한 사람 당신에게 안녕 그리고 우정을.

그들은 게르다의 집에 있는 편안한 소파에 앉았다.
"나중에 무슨 일이 있었죠?" 마지막 사람이 물었다.
"우리가 나타나서 그들을 체포했죠." 경찰이 말했다.
"지역 경찰에게 미리 알려 그들을 체포했어요."
"일이 어떻게 시작되었는지 아나요?" 톰은 호기심이
생겼다.
"아마 마르타가 병원에서 간호사일 때 역사가인 코사
디 교수의 외과수술에 참여했어요. 이 사람이 반은 자
고 반은 깨어 있을 때 무의식상태에서 빛을 찾는 자
들의 보물에 대해 말했어요. 즉 오래된, 지식있고 매
우 부유한 회합에 관해 바티칸 도서관에서 읽으면서
우연히 알게 된 그들의 보물을 주제로 해서 말한거
죠."
"맞아요." 게르다가 이어갔다.
"사건의 그 부분을 나는 알아요. 교수는 바티칸 도서
관에서 역사연구를 했어요. 오래된 책 내용 사이에 빛
을 찾는 자들의 비밀언어로 된 서류를 발견했죠. 전에
얼마 동안 그 국제적인 비밀 회합에 흥미를 느껴서
그 비밀언어를 조금 이해했어요. 그 종이가 빛을 찾는
자들의 보물이 있는 장소를 가리킨다고 알았지만 교수
는 모든 자세한 지시를 혼자 번역할 수는 없었죠. 서
류의 사진 복사 허가를 받았죠. 한 번은 우리가 만났

을 때 그것에 관해 내게 말했어요. 아마 사람들이 그 보물을 발견하려고 할 것이라고 말했죠. 점점 더 많은 사람이 고대 비밀 회합에 관심을 쏟았으니까요. 교수는 내가 이 세상에서 정말 깊숙이 그런 고대 비밀언어를 공부한 유일한 사람이라는 것을 알고 물질적인 흥미 때문에 보물을 찾는 자들과 절대 협력하지 않을 것을 굳게 약속해 달라고 내게 청했어요."

"교수님은 사람들이 그것에 관해 무엇하기를 원했죠?" 린다가 물었다.

"그것을 어느 박물관이나 국가 연구소에 이전해 주길." 톰이 끼어들었다.

"마르타는 어떻게 사진 사본을 받았죠?"

"마르타가 내게 스스로 설명해주었어요." 경찰관이 대답했다. "마르타는 교수를 잠들게 한, 수술 전에 사용한 물질이 사람들이 이른바 마취 분석을 위해 몇 번 사용한 그런 것 중에 하나라고 확신했어요. 수술 뒤 교수가 방에 누워서 독방에 혼자 있었죠. 마르타가 교수에게 물질을 주사해서 심문했어요. 관련 물질의 영향으로 사람들은 자고 그렇지만 자면서 듣고 일반적으로 진실을 말하면서 질문에 대답했어요. 그래서 교수는 자면서 대답했어요. 그런 방법으로 세상에서 오직 유일한 사람, 이름이 게르다인 여자가 비밀언어를 안다는 것과 여러 가지 다른 일들을 알게 되었죠."

Ĉapitro 24   LA TREZORO DE LA LUMO

"Nur papero!" kriis Ronga.

"Ankaŭ estas libro!" diris Marta, sed jam Ronga laŭt-legis: *Ĉi tie kuŝas la Trezoro de la Lumo. Pro la daŭra persekutado, la Sankta kaj Sekreta Frataro de la Lumoserĉantoj baldaŭ ĉesos ekzisti. Sed ĝia Spirito plu vivos. Iun tagon, homoj retrovos la Sanktajn Principojn kaj rekomencos ilin apliki. Por ili estas ĉi tie kaŝita la Trezoro de la Lumo.*

Ĝi estas skribita en la Speciala Lingvo de la Frataro, sed certe homoj troviĝos, kiuj ĝin povos kompreni. La Trezoro konsistas el la arto praktike apliki kaj defendi la Veron, la Justecon, la Dignecon, la Respekton al ĉiu homo, la Interkomprenon, la Honestecon, la Amon, la Kompatemon kaj la Konon de si mem kaj de sia ĝusta loko.

Por la Frataro, la Spiritaj Valoroj estas la plej

altaj. *Tial ĝia Trezoro estas pure Spirita.*

Al vi, homo, kiu trovis ĝin, trans multaj aŭ malmultaj tagoj, semajnoj, monatoj, jaroj, jardekoj aŭ jarcentoj, Saluton kaj Fratecon!

***

Ili sidis en komfortaj brakseĝoj en la hejmo de Gerda.

"Kio okazis poste?" ĉi-lasta demandis.

"Ni malkaŝis nin, kaj mi ilin arestis," diris la policano. "La loka polico estis antaŭe informita, kaj enŝlosis ilin."

"Ĉu vi scias, kiel komenciĝis la afero?" scivolis Tom.

"Proksimume. Kiam Marta estis flegistino en la hospitalo, ŝi ĉeestis kirurgian operacion de historiisto, Prof. (= Profesoro) Kosadi. Kiam ĉi-lasta estis duone dormanta duone vekiĝanta, li parolis nekonscie pri la trezoro de la Lumoserĉantoj. Li diris, ke temas pri malnova societo, elita, tre riĉa, pri kies trezoro li eksciis hazarde legante en la Vatikana Biblioteko."

"Jes," daŭrigis Gerda. "Tiun parton de la afero

mi konas. Li faris historian esploron en la Biblioteko Vatikana. Inter la paĝoj de malnova libro, li trovis dokumenton en la sekreta lingvo de la Lumoserĉantoj. Li antaŭe kelktempe interesiĝis pri tiu sekreta societo internacia, kaj iom komprenis ĝian sekretan lingvon. Li komprenis, ke tiu papero indikas, kie troviĝas la trezoro de la Lumoserĉantoj, sed mem ne povis traduki ĉiujn detalajn indikojn. Li ricevis la permeson fotokopii la dokumenton. Foje, kiam ni renkontiĝis, li parolis pri tio al mi. Li diris, ke eble homoj provos trovi tiun trezoron, ĉar pli kaj pli multaj personoj interesiĝas pri la malnovaj sekretaj societoj. Li sciis, ke mi estas la sola persono en la mondo, kiu vere ĝisfunde studis tiujn malnovajn sekretajn lingvojn, kaj li petis min solene promesi, ke mi neniam kun-laboros kun homoj serĉantaj la trezoron pro materia intereso."

"Kion li volis, ke oni faru pri ĝi?" Linda demandis.

"Ke ĝi transiru al iu Muzeo aŭ Ŝtata Institucio."
Tom intervenis:

"Kiel Marta ricevis la fotokopion?"

"Ŝi mem klarigis al mi," respondis la policano. "Ŝi konstatis, ke la substanco uzita antaŭ la operacio por dormigi la profesoron estas unu el tiuj, kiujn oni kelkfoje uzas por t.n. (= tiel nomata) «narko-analizo». Post la operacio, kiam la profesoro kuŝis en sia ĉambro — li havis privatan ĉambron, kaj do estis sola — ŝi injektis al li tiun substancon, kaj pridemandis lin. Sub la influo de la koncerna substanco, oni dormas, sed dormante aŭdas kaj respondas demandojn, ĝenerale dirante la veron. Li do dorme respondis al ŝi. Per tiu metodo ŝi eksciis pri tio, ke nur unu persono en la mondo, nome Gerda, komprenas tiun sekretan lingvon, kaj pri multaj aliaj aferoj."

25장. 그만한 위험과 신경

"하지만 사진 복사본에 대해 아직 대답하지 않았어요."

"그래요, 미안해요. 교수는 그것을 서류철에 보관했어요. 수술 뒤에 몹시 힘들게 지냈어요. 마르타는 교수가 자는 동안 서류철에서 서류를 손쉽게 가져갔지요. 교수가 오래 살지 못할 것을 알았어요. 교수는 고통을 느끼며 살았어요. 건강 상태는 많은 희망을 남기지 않았죠. 사실 얼마 뒤 곧 죽었어요. 그래서 그 누구도 사라진 종이에 대해 신경 쓰지 않았지요."

"어떻게 론가는 이 사건에 합류했나요?"

"론가는 마르타의 연인이에요. 마르타가 이야기한 거죠. 론가는 계속해서 많은 돈이 있어야 하는 사치를 부리며 살았어요. 그래서 론가가 일을 꾸몄으며 동료 페르구스와 함께 봅을 때려 정신을 잃게 한 뒤 게르다를 납치했지요. 페르구스의 사무실은 아주 가까웠어요. 거기로 그들은 게르다 선생님을 데려가 길이 한가할 때까지 거기서 기다리다가 버려진 집으로 차를 태워 데려갈 수 있었지요."

게르다가 말했다. "마르타의 오빠는 몇 달 전에 나를 여러 번 찾아 왔어요. 자신을 위해 서류를 번역해 달라고 강요했지만 내가 그것을 어디서 받았냐고 물었을 때 주저하더니 조금 창백해지고 금세 대답하지 않아 정직하게 행동하지 않음을 알았죠. 나는 코사디 교수의 말을 기억해서 협력하기를 거절했어요. 하지만 한 번, 두 번, 세 번 다시 왔어요. 매번 거절했죠. 나중에 론가 교수의 강의 교육과정에서 고대 비밀언어에 관해 가르치는 초대를 받았을 때, 그렇게 자주 내 집에 와서 보물 종이를 번역하도록 강요한 남자와 론가 교수 사이에 관계가 있음을 전혀 상상하지 못했어요."

"예" 톰이 말했다.
"선생님의 여러 번 거절 때문에 그들은 이런 계획을 생각해 낸 거군요. 선생님을 잡고 강제로 그 내용을 번역하도록."
"아무것도 아닌 것에 그만큼의 위험과 신경을 쓰다니, 얼마나 어리석은가요? 얼마나 미련한가요?" 게르다가 논평했다."
"예, 미숙한 자들이죠." 경찰이 깔보듯 말했다.
"그들은 처음부터 미숙한 자들처럼 행동했어요. 그러므로 우리는 그렇게 쉽게 그들을 잡았지요. 하지만 그런 미숙함 때문에 게르다 선생님은 하나님께 감사해야죠. 그 미숙함 때문에 우리는 선생님을 풀어 줄 수 있고 선생님은 살았죠. 비슷한 상황에서 미숙한 자가 아니면 주저하지 않고 사용한 뒤 죽었을 겁니다. 선생님을" "정말요?"

"예, 선생님은 너무 많은 것을 알았죠. 살려 두는 것이 아주 위험하거든요. 솔직히 오직 미숙한 자들이 계획을 세우고 이 일을 실행하려고 한 것에 하나님께 감사할 수 있어요." 게르다는 생각하면서 조용했다. "무섭네요." 하고 마침내 말했다.

"어쨌든 나는 여러분에게 진심으로 감사해요. 여러분 모두에게. 여러분이 놀랄 만큼 움직였어요. 나와 내 딸을 구했어요. 하지만 봅, 모든 일에 대해 어떻게 생각하나요? 학생은 아직 아무 말도 안 했는데."

봅은 게르다를 조금 이상한 표정으로 쳐다봤다.

"저는 기쁘게 브랜디 한잔을 마실게요." 봅이 말했다. 그리고 다른 모든 사람이 웃을 때 조금 슬픈 빛이 돌았다.

Ĉapitro 25   TIOM DA RISKOJ KAJ ZORGOJ

"Sed vi ne respondis pri la fotokopio!"

"Ho, pardonu. La profesoro havis ĝin en sia paperujo. Li fartis tre malbone post la operacio. Marta simple prenis la dokumenton el lia paperujo, dum li dormis. Ŝi sciis, ke li ne vivos longe. Li fartis malbone. Lia san-stato ne lasis multe da espero. Fakte, li baldaŭ mortis post tio. Neniu do zorgis pri la malaperinta papero."

"Kiel Ronga enmiksiĝis en la aranĝon?"

"Li estis la amanto de Marta. Ŝi rakontis al li. Li vivas tiamaniere, ke li daŭre bezonas multe da mono. Li organizis la aferon. Estas li kaj kolego Fergus, kiuj forportis Gerdan, post kiam ili batis Bob senkonscia. La oficejo de Fergus estas tute proksima. Tien ili portis ŝin, kaj tie ili atendis, ĝis la vojo estis libera kaj ili povis veturigi ŝin al la forlasita domo."

Gerda parolis: "La frato de Marta plurfoje vizitis

min, antaŭ kelkaj monatoj. Li provis igi min traduki por li la dokumenton. Sed kiam mi demandis, de kie li ricevis ĝin, li hezitis, iom paliĝis, ne respondis tuj, kaj mi komprenis, ke li ne agis honeste. Mi memoris la vortojn de Prof. Kosadi, kaj malakceptis kunlabori. Sed li revenis unufoje, dufoje, trifoje. Mi ĉiufoje rifuzis. Kiam mi poste ricevis inviton instrui pri malnovaj sekretaj lingvoj en la kadro de kurso de Prof. Ronga, mi tute ne imagis, ke estas rilato inter Ronga kaj la junulo, kiu tiel ofte venis al mia hejmo insisti, por ke mi traduku la paperon pri l'trezoro."

* * *

"Jes," diris Tom. "Pro via plurfoja rifuzo, ili elpensis tiun planon. Kapti vin kaj perforte devigi vin traduki la tekston."
"Tiom da riskoj kaj zorgoj por nenio!" komentis Gerda. "Kia malsaĝeco! Kia stulteco!"
"Jes. Amatoroj," diris la policano malestime. "Ili agis amatore ekde la komenco. Pro tio ni tiel facile ilin kaptis. Sed pri tiu amatoreco vi

danku Dion, Gerda. Pro tiu amatoreco ni povis liberigi vin, kaj vi vivas. Neamatoroj en simila situacio ne hezitus: vin uzinte, ili vin mortigus."
"Ĉu vere?"
"Jes. Vi sciis tro multe. Estus tro danĝere lasi vin vivi. Sincere, vi povas danki Dion, ke nur amatoroj planis kaj realigis tiun aferon."
Gerda silentis, pensema.
"Terure!" ŝi fine diris. "Ĉia-okaze, mi plej sincere dankas vin. Ĉiun el vi. Vi agis mirinde. Vi savis min kaj mian filinon. Sed, Bob, kion vi opinias pri la tuta afero? Vi ankoraŭ diris nenion."
Bob rigardis ŝin, kun iom stranga esprimo.
"Mi plezure trinkus glason da brando," li diris.
Kaj li restis malĝojeta, dum ĉiuj aliaj ekridis.

사랑하고 존경하는 독자에게

당신은 이 모험을 끝까지 읽었습니다. 의심할 것 없이 모든 것이 잘 끝나서 기쁩니다. 그러나 이야기에서 중요한 모순이 있는 것을 알아차렸나요? 다르게 말해서 어느 곳에서 저자는 이렇게 말하고 다른 곳에서 반대로 말합니다. 알아차리지 못했나요? 아쉽네요. 지금 여러분은 말한 것에 관해 알려고 모든 내용을 다시 읽어야 합니다. 주의해서 읽으세요. 한번 읽은 뒤에 못 찾으면 두 번, 세 번 다시 읽으세요. 분명 마침내 찾을 것입니다.

함께 읽을 책들

이 소책자는 모든 교육 과정 재료를 함께 구성하는 세 가지 중 오직 한 개입니다. 교육 과정은 정말 이것입니다.

첫째, 게르다가 사라졌다. 이 소설

둘째, 단어 목록 - 새 단어를 목록으로 해서 주요 문법 사항의 예를 민족어 번역과 함께 제공하는 소책자

셋째, 내가 더 말하도록 두세요. 서로 관계는 없지만 게르다가 사라졌다에서 평행의 장에 나오는 단어와 문법 사항을 잘 공부한 사람은 더 학습하지 않아도 이해할 수 있는 내용의 모음

그 목적은 소설을 읽으면서 배운 것을 활용하기 위하여 학생들에게 읽기 책으로 제작된 것입니다.

Kara kaj estimata leginto

Vi legis ĉi tiun aventuron ĝis la fino. Sendube vi estas kontenta, ke ĉio finiĝis bone. Sed ĉu vi rimarkis, ke en la rakonto grava kontraŭdiro troviĝas? Alivorte, en unu loko la aŭtoro diras ion, kaj en la alia li diras la kontraŭon. Ĉu vi ne rimarkis? Bedaŭrinde! Nun vi devos relegi la tutan tekston por trovi, pri kio temas. Legu atente, kaj se post unu legado vi ne trovis, relegu duan fojon, trian fojon... Certe vi fine trovos.

Akompanaj libroj:

Ĉi tiu libreto estas nur unu el la 3, kiuj kune konsistigas la tutan kursmaterialon. La kurso ja enhavas:

1 Gerda malaperis! - ĉi tiu romaneto.

2 Vortlisto: libreto kiu listigas la novajn vortojn kaj donas ekzemplojn de la ĉefaj gramatikaj punktoj, kun traduko en nacia lingvo.

3 Lasu min paroli plu! - kolekto da tekstoj, sen rilato unu kun la alia, kiuj estas kompreneblaj sen plua lernado por tiu, kiu bone lernis la vortojn kaj gramatikaĵojn de la paralela ĉapitro en Gerda malaperis! - Ilia celo estas disponigi al la lernanto legolibron por praktiki tion, kion li lernis legante la romaneton.

작가소개

클로드 피롱(1931-2008)은 스위스사람. 어린 시절은 벨기에에서 살았다. 제네바대학의 통·번역 학교에서 공부했고 유엔에서 번역가, 기록자가 되었고 나중에 세계보건기구에서 일했다. 심리학을 공부해 번역 직업을 버리고 정신분석학자, 정신 치료사로서 일했다. 세계보건기구를 그만둔 후에도 10여 년 동안 매년 몇 주간의 임무를 받아 아프리카에, 태평양 군도에, 특히 동아시아지역에 갔다. 심리학 개인사무실을 두고 제네바대학에서 심리학과 교육 과학 분야에서 가르쳤다. 요한 발라노라는 가명으로 시집, 노래 테이프, 추리소설, 소설 모음집을 발행했다. 에스페란토 심리학 교재를 발행했고, 심리학이나 언어학의 다양한 주제로 많은 기사를 민족어나 에스페란토로 썼고 국제 여름 상급학교와 여름 대학 강좌에서 에스페란토로 심리학 강좌를 지도했다. 여러 곳 즉 유엔, 샌프란시스코 국립대학에서 에스페란토를 가르쳤다. 이 작은 책은 1981년 캘리포니아 대학에서 지도한 강좌를 위해 쓰였다.